सुदर्शन

1896—16 दिसम्बर 1967

सियालकोट (जो अब पाकिस्तान में है) में जन्मे हिन्दी साहित्यकार सुदर्शन का वास्तविक नाम बदरीनाथ भट्ट था। वे एक आर्यसमाजी थे और पूरा जीवन समाज-सुधार में लगे रहे। उनका सुधारवादी और आदर्शवादी दृष्टिकोण उनके लेखन में भी झलकता है।

सुदर्शन ने साहित्य की कई विधाओं में लिखा—कहानी, उपन्यास, प्रहसन, फ़िल्म-पटकथा और गीत। वे उर्दू और हिन्दी दोनों भाषाओं में लिखते थे। उनकी भाषा सरल और सहज थी और उनकी कहानियाँ ऐसी हैं जो पाठकों पर अपनी अमिट छाप छोड़ती हैं।

सुदर्शन की शुरुआती कहानियाँ उर्दू पत्रिका *हज़ार दास्तां* और हिन्दी पत्रिका *सरस्वती* में प्रकाशित हुईं। आगे चलकर उनके अनेक कहानी-संग्रह प्रकाशित हुए, जिनमें *तीर्थयात्रा, पत्थरों का सौदागर, सच का सौदा, पृथ्वी वल्लभ, अठन्नी का चोर, साइकिल की सवारी* उल्लेखनीय हैं। कहानियों के अलावा उन्होंने उपन्यास और प्रहसन भी लिखे। साहित्य के अतिरिक्त वे फ़िल्म-जगत में भी सक्रिय थे। 1941 में सोहराब मोदी की फ़िल्म 'सिकंदर' की पटकथा सुदर्शन ने ही लिखी थी। उन्होंने 'कुंवारी या विधवा' नामक एक फ़िल्म का निर्देशन भी किया और फ़िल्म 'धूप छाँव' के प्रसिद्ध गीत 'तेरी गठरी में लागा चोर' और 'बाबा मन की आँखें खोल' उन्हीं के लिखे हुए हैं।

सुदर्शन की श्रेष्ठ कहानियाँ

सुदर्शन

राजपाल

यह पुस्तक सर्वप्रथम सन् 1963 में
राजपाल एण्ड सन्ज़ से प्रकाशित हुई थी।

स्थापित 1912
100 वर्षों की
श्रेष्ठ प्रकाशन परम्परा
राजपाल

ISBN : 9789393267290
प्रथम पेपरबैक संस्करण : 2022
SUDARSHAN KI SHRESHTH KAHANIYAN (Stories)
by Sudarshan

राजपाल एण्ड सन्ज़
1590, मदरसा रोड, कश्मीरी गेट, दिल्ली-110006
फोन : 011-23869812, 23865483, 23867791
e-mail : sales@rajpalpublishing.com
www.rajpalpublishing.com
www.facebook.com/rajpalandsons

क्रम

1963 के प्रथम संस्करण की भूमिका

प्राय: मेरे मिलने वाले मुझसे पूछा करते हैं कि आपकी सबसे अच्छी कहानी कौन-सी है? और मेरा जवाब यही होता है कि मेरी सबसे अच्छी कहानी वह है, जो अभी तक प्रकाशित नहीं हुई। इस तरह मेरा पीछा आसानी से छूट जाता है और मेरे मिलने वाले आसानी से संतुष्ट हो जाते हैं।

परन्तु कठिनाई उस समय हुई, जब मेरे प्रकाशक ने एक दिन कह दिया—"आप अपनी श्रेष्ठ कहानियों का एक संग्रह तैयार कर दीजिए।" मुझे सूझता न था कि क्या कहूँ। क्या न कहूँ? आखिर बड़ा साहस करके वही बरसों पुराना और घिसा-घिसाया जवाब दिया—"मेरी श्रेष्ठ कहानियाँ तो वे हैं, जो अभी तक प्रकाशित नहीं हुईं।" मगर वह संतुष्ट न हुए और अपनी माँग पर अड़े रहे।

मैंने सोच-सोचकर अपने पुत्र विद्याभूषण से कहा—"मेरी श्रेष्ठ कहानियाँ तुम चुनो। मगर यह ध्यान रहे कि इस संग्रह में हर पुस्तक से कोई-न-कोई कहानी आ जाए और उन कहानियों में हर तरह की कहानियाँ आ जाएँ।"

विद्याभूषण ने मेरी पुस्तकें ले लीं और उनमें से कोई सोलह कहानियाँ चुन दीं। चुनाव अच्छा था और कहानियाँ सर्वोत्तम थीं। मैंने केवल इतना किया, कि कुछ कहानियाँ कम कर दीं और कुछ कहानियाँ और डाल दीं और यह यत्न किया कि इनमें हर प्रकार की कहानी आ जाए।

अब यह संग्रह पाठकों के सामने है। इसमें ऐतिहासिक कहानियाँ भी हैं, सामाजिक कहानियाँ भी हैं, देशभक्ति की कहानियाँ भी हैं, स्वतंत्रता-संग्राम की कहानियाँ भी हैं, कल्पना की कहानियाँ भी है। इसमें ऐसी कहानी भी है, जो पत्रों में है, इसमें ऐसी कहानी भी है जिसमें पात्र अपनी-अपनी बातें आप

कहते हैं। इसमें ऐसी कहानी भी है जो देखने में बहुत छोटी है, मगर जिसका भाव बहुत बड़ा और अर्थ बहुत गहरा है।

अगर कोई पाठक मेरी कहानियों का विशेष रूप से अध्ययन करे और मुझे सुझाव दे सके कि अमुक कहानी निकालकर उसके स्थान में अमुक कहानी रख देने से यह संग्रह अधिक रोचक और अधिक प्रतिनिधि बन सकेगा, तो मैं उस सुझाव पर बड़ी खुशी से विचार करूँगा।

—सुदर्शन

बैजू बावरा

प्रभात का समय था, आसमान से बरसती हुई प्रकाश की किरणें संसार पर नवीन जीवन की वर्षा कर रही थीं। बारह घण्टों के लगातार संग्राम के बाद प्रकाश ने अंधेरे पर विजय पाई थी। इस खुशी में फूल झूम रहे थे और पक्षी मीठे गीत गा रहे थे, पेड़ों की शाखाएँ खेलती थीं और पत्ते तालियाँ बजाते थे। चारों तरफ़ प्रकाश नाचता था। चारों तरफ़ खुशियाँ झूमती थीं। चारों तरफ़ गीत गूँजते थे। इतने में साधुओं की एक मण्डली शहर के अन्दर दाखिल हुई। वे लोग जो मस्त-मौला, ईश्वर-भक्त और हरि-भजन के मतवाले थे, संसार के बन्धन तोड़ चुके थे और अपने मन को मार चुके थे। उनका ख़याल था, मन बड़ा चंचल है, अगर इसे काम न हो, तो इधर-उधर भटकने लगता है और अपने स्वामी को विनाश की खाई में गिराकर नष्ट कर डालता है। इसे भक्ति की ज़ंजीरों से जकड़ देना चाहिए; नहीं तो साँप बनकर डंसता है, और बिच्छू बनकर काटता है। साधु गाते थे—

सुमर-सुमर भगवन् को,
मूरख मत खाली छोड़ इस मन को।

जो संसार को त्याग चुके थे, उन्हें सुर-ताल की क्या परवाह थी? कोई ऊँचे स्वर में गाता था, कोई मुँह में गुनगुनाता था। और लोग क्या कहते हैं, उन्हें इसकी ज़रा भी चिन्ता न थी। वे अपने राग में मगन थे कि सिपाहियों ने आकर घेर लिया और हथकड़ियाँ लगाकर अकबर बादशाह के दरबार को ले चले।

यह वह समय था जब भारत में अकबर की तूती बोलती थी और उसके मशहूर रागी तानसेन ने यह कानून बनवा दिया था कि जो आदमी राग-विद्या में उसकी बराबरी न कर सके, वह आगरा की सीमा में गीत न गाए। और जो गाए, उसे मौत की सज़ा दी जाए। बेचारे वनवासी साधुओं को पता नहीं

था। परन्तु अज्ञान भी अपराध है। मुकदमा दरबार में पेश हुआ। तानसेन ने राग-विद्या के कुछ प्रश्न किए। साधु उत्तर में मुँह ताकने लगे। अकबर के होंठ हिले और सब के सब साधु तानसेन की दया पर छोड़ दिए गए।

दया निर्बल थी, वह इतना भार सहन न कर सकी। मृत्यु-दण्ड की आज्ञा हुई। केवल एक दस वर्ष का बच्चा छोड़ा गया—बच्चा है, इसका दोष नहीं। यदि है भी तो क्षमा के योग्य है।

~

बच्चा रोता हुआ आगरा के बाज़ारों से निकला और जंगल में जाकर अपनी कुटिया में रोने-तड़पने लगा। वह बार-बार पुकारता था—"बाबा! तू कहाँ है? अब कौन मुझे प्यार करेगा? कौन मुझे कहानियाँ सुनाएगा? लोग आगरा की तारीफ़ करते हैं, मगर इसने मुझे तो बर्बाद कर दिया। इसने मेरा बाबा छीन लिया और मुझे अनाथ बनाकर छोड़ दिया। बाबा! तू कहा करता था कि संसार में चप्पे-चप्पे पर दलदल है और चप्पे-चप्पे पर काँटों की झाड़ियाँ हैं। यहाँ आदमी पग-पग पर फिसलता है और पग-पग पर काँटों में उलझ जाता है। अब कौन मुझे इन झाड़ियों से बचाएगा? कौन मुझे मेरी मंज़िल का पता देगा?"

इन्हीं विचारों में डूबा हुआ बच्चा देर तक रोता रहा। इतने में खड़ाऊँ पहने हुए, हाथ में माला लिए हुए, राम नाम का जाप करते हुए बाबा हरिदास कुटिया के अन्दर आए और बोले—"बैजू बेटा! शान्ति करो, शान्ति करो।"

बैजू उठा और हरिदासजी के चरणों से लिपट गया। वह बिलख-बिलख कर रोता था और कहता था—"महाराज! मेरे साथ अन्याय हुआ है। मुझ पर वज्र गिरा है! मेरा संसार उजड़ गया है। मैं क्या करूँ? मैं क्या करूँ?"

हरिदास बोले—"शान्ति, शान्ति।"

बैजू—"महाराज! तानसेन ने मुझे तबाह कर दिया। उसने मेरा संसार सूना कर दिया।"

हरिदास—"शान्ति, शान्ति।"

बैजू ने हरिदास के चरणों से और भी लिपटकर कहा—"महाराज! शान्ति जा चुकी। अब मुझे बदले की भूख है। अब मुझे प्रतिकार की प्यास है। मेरी प्यास बुझाइए।"

हरिदास ने फिर कहा—"बेटा! शान्ति, शान्ति।"

बैजू ने करुणा और क्रोध की आँखों से बाबाजी की तरफ़ देखा। उन आँखों में आँसू थे और आहें थीं और आग थी। जो काम ज़बान नहीं कर सकती, उसे आँखें कर देती हैं और जो काम आँखें भी नहीं कर सकतीं, उसे आँखों के आँसू कर देते हैं। बैजू ने ये दो आखिरी हथियार चलाए और सिर झुका कर खड़ा हो गया।

हरिदास के धीरज की दीवार आँसुओं की बौछार न सहार सकी और काँप कर गिर गई। उन्होंने बैजू को उठाकर गले से लगाया और कहा—"मैं तुझे वह हथियार दूँगा, जिससे तू अपने पिता की मौत का बदला ले सकेगा।"

बैजू हैरान हुआ—बैजू खुश हुआ—बैजू उछल पड़ा। उसने कहा—"बाबा! आपने मुझे खरीद लिया। आपने मुझे बचा लिया। अब मैं आपका सेवक हूँ।"

हरिदास—"मगर तुझे बारह बरस तक तपस्या करनी होगी—कठोर तपस्या—भयंकर तपस्या!"

बैजू—"महाराज, आप बारह बरस कहते हैं। मैं बारह जीवन देने को तैयार हूँ। मैं तपस्या करूँगा, मैं दुःख झेलूँगा, मैं मुसीबतें उठाऊँगा। मैं अपने जीवन का एक-एक क्षण आपकी भेंट कर दूँगा। मगर क्या इसके बाद मुझे वह हथियार मिल जाएगा, जिससे मैं अपने पिता की मौत का बदला ले सकूँ?"

हरिदास—"हाँ! मिल जाएगा।"

बैजू—"तो मैं आज से आपका दास हूँ। आप आज्ञा दें, मैं आपकी हर आज्ञा का सिर, और सिर के साथ दिल झुका कर पालन करूँगा।"

~

ऊपर की घटना को बारह बरस बीत गए। जगत में बहुत-से परिवर्तन हो गए। कई बस्तियाँ उजड़ गईं। कई वन बस गए। बूढ़े मर गए। जो जवान थे, उनके बाल सफ़ेद हो गए।

अब बैजू बावरा जवान था और राग-विद्या में दिन पर दिन आगे बढ़ रहा था। उसके स्वर में जादू था और तान में एक आश्चर्यमयी मोहिनी थी। गाता था, तो पत्थर तक पिघल जाते थे और पशु-पंछी तक मुग्ध रह जाते थे। लोग सुनते थे और झूमते थे तथा वाह-वाह करते थे। हवा रुक जाती थी। एक समां बँध जाता था।

एक दिन हरिदास ने हँसकर कहा—"वत्स! मेरे पास जो कुछ था, वह मैंने तुझे दे डाला। अब तू पूर्ण गन्धर्व हो गया है। अब मेरे पास और कुछ नहीं, जो तुझे दूँ।"

बैजू हाथ बाँधकर खड़ा हो गया। कृतज्ञता का भाव आँसुओं के रूप में बह निकला। चरणों पर सिर रखकर बोला—"महाराज! आपका उपकार जन्मभर सिर से न उतरेगा।"

हरिदास सिर हिलाकर बोले—"यह नहीं बेटा! कुछ और कहो। मैं तुम्हारे मुँह से कुछ और सुनना चाहता हूँ।"

बैजू—"आज्ञा कीजिए।"

हरिदास—"तुम पहले प्रतिज्ञा करो।"

बैजू ने बिना सोच-विचार किए कह दिया—"मैं प्रतिज्ञा करता हूँ कि..."

हरिदास ने वाक्य को पूरा किया—"इस राग-विद्या से किसी को हानि न पहुँचाऊँगा।"

बैजू का लहू सूख गया। उसके पैर लड़खड़ाने लगे। सफलता के बाग परे भागते हुए दिखाई दिए। बारह वर्ष की तपस्या पर एक क्षण में पानी फिर गया। प्रतिहिंसा की छुरी हाथ आई, तो गुरु ने प्रतिज्ञा लेकर कुन्द कर दी।

बैजू ने होंठ काटे, दाँत पीसे और रक्त का घूँट पीकर रह गया। मगर गुरु के सामने उसके मुँह से एक शब्द भी न निकला। गुरु गुरु था—शिष्य शिष्य था। शिष्य गुरु से वाद-विवाद करता, यह भारत की मर्यादा न थी।

~

कुछ दिन बाद एक सुन्दर नवयुवक साधु आगरा के बाज़ारों में गाता हुआ जा रहा था। लोगों ने समझा, इसकी भी मौत आ गई है। वे उठे कि उसे नगर की रीत की सूचना दे दें, मगर निकट पहुँचने से पहले ही मुग्ध होकर अपने आपको भूल गए। और किसी को साहस न हुआ कि उससे कुछ कहे। दम के दम में यह समाचार नगर में जंगल की आग के समान फैल गया कि एक साधु रागी आया है, जो बाज़ारों में गा रहा है। सिपाहियों ने हथकड़ियाँ सँभालीं और पकड़ने के लिए साधु की ओर दौड़े। परन्तु पास आना था कि रंग पलट गया। साधु के मुखमण्डल से तेज की किरणें फूट रही थीं, जिनमें जादू था,

मोहिनी थी और मुग्ध करने की शक्ति थी। सिपाहियों को न अपनी सुध रही, न हथकड़ियों की, न अपने बल की, न अपने कर्त्तव्य की, न बादशाह की, न बादशाह के हुक्म की। वे आश्चर्य से उसके मुख की ओर देखने लगे, जहाँ सरस्वती का वास था और जहाँ से संगीत की मधुर ध्वनि की धारा बह रही थी। साधु मस्त था, सुनने वाले मस्त थे, ज़मीन-आसमान मस्त थे। गाते-गाते साधु धीरे-धीरे चलता जाता था और श्रोताओं का समूह भी धीरे-धीरे चलता जाता था। ऐसा मालूम होता था, जैसे एक समुद्र है, जिसे नवयुवक साधु आवाज़ों की ज़ंजीरों से खींच रहा है और संकेत से अपने साथ-साथ आने की प्रेरणा दे रहा है। और उसकी इच्छा की अवहेलना करने की किसी में हिम्मत नहीं।

मुग्ध जन-समुदाय चलता गया, चलता गया, चलता गया। पता नहीं किधर को? पता नहीं कितनी देर?

एकाएक गाना बन्द हो गया। जादू का प्रभाव टूटा, तो लोगों ने देखा कि वे तानसेन के महल के सामने खड़े हैं! उन्होंने दुःख और पश्चात्ताप से हाथ मले और सोचा—'यह हम कहाँ आ गए?' साधु अज्ञान ही में मौत के द्वार पर आ पहुँचा था। भोली-भाली चिड़िया अपने आप अजगर के मुँह में आ फँसी थी। और अजगर के दिल में ज़रा भी दया न थी।

तानसेन बाहर निकला। वहाँ लोगों को देखकर वह हैरान हुआ, और फिर सब कुछ समझकर नवयुवक से बोला—"तो शायद आप ही के सिर पर मौत सवार है?"

नवयुवक साधु मुस्कराया—"जी हाँ! मैं आपके साथ गान-विद्या पर चर्चा करना चाहता हूँ।"

तानसेन ने बेपरवाही से उत्तर दिया—"बहुत अच्छा! मगर आप नियम जानते हैं ना? नियम कड़ा है, और मेरे दिल में दया नहीं है। मेरी आँखें दूसरों की मौत को देखने के लिए हर समय तैयार हैं।"

नवयुवक—"और मेरे दिल में जीवन का मोह नहीं है। मैं मरने के लिए हर समय तैयार हूँ।"

इसी समय सिपाहियों को अपनी हथकड़ियों का ध्यान आया। झंकारते हुए आगे बढ़े और उन्होंने नवयुवक साधु के हाथों में हथकड़ियाँ पहना दीं। भक्ति का प्रभाव टूट गया। श्रद्धा के भाव पकड़े जाने के भय से उड़ गए, और लोग इधर-उधर भागने लगे। सिपाही कोड़े बरसाने लगे और लोगों के

तितर-बितर हो जाने के बाद नवयुवक साधु को दरबार की ओर ले चले। दरबार की ओर से शर्तें सुनाई गईं—"कल प्रात:काल नगर बाहर वन में तुम दोनों का गान-युद्ध होगा। अगर तुम हार गए, तो तुम्हें मार डालने तक का तानसेन को पूर्ण अधिकार होगा। और अगर तुमने उसे हरा दिया तो उसका जीवन तुम्हारे हाथ में होगा।"

नौजवान साधु ने शर्तें मंजूर कर लीं। दरबार ने आज्ञा दी कि कल प्रात:काल तक सिपाहियों की रक्षा में रहो।

यह नौजवान साधु बैजू बावरा ही था।

~

सूरज भगवान की पहली किरण ने आगरा के लोगों को आगरा से बाहर जाते देखा। साधु की प्रार्थना पर सर्वसाधारण को भी उसके जीवन और मृत्यु का तमाशा देखने की आज्ञा दे दी गई थी। साधु की विद्वत्ता की धाक दूर-दूर तक फैल गई थी। जो कभी अकबर की सवारी देखने को भी घर से बाहर आना पसन्द नहीं करते थे, आज वे भी नई पगड़ियाँ बाँधकर बाहर निकल रहे थे।

ऐसा जान पड़ता था कि आज नगर से बाहर वन में नया नगर बस जाने को है—वहाँ, जहाँ कनातें लगी थीं, जहाँ चाँदनियाँ तनी थीं, जहाँ कुर्सियों की कतारें सजी थीं। इधर जनता बढ़ रही थी और उद्विग्नता और अधीरता से गान-युद्ध के समय की प्रतीक्षा कर रही थी। बालक को प्रात:काल मिठाई मिलने की आशा दिलाई जाए, तो वह रात को कई बार उठ-उठ कर देखता है कि अभी सूरज निकला है या नहीं। उसके लिए समय रुक जाता है। उसके हाथ से धीरज छूट जाता है। वह व्याकुल हो जाता है।

समय हो गया। लोगों ने आँख उठाकर देखा, अकबर सिंहासन पर था, साथ ही नीचे की तरफ़ तानसेन बैठा था और सामने फ़र्श पर नवयुवक बैजू बावरा दिखाई देता था। उसके मुँह पर तेज था, उसकी आँखों में निर्भयता थी।

अकबर ने घण्टी बजाई और तानसेन ने कुछ सवाल संगीत-विद्या के सम्बन्ध में बैजू बावरा से पूछे। बैजू ने उचित उत्तर दिए और लोगों ने हर्ष से तालियाँ पीट दीं। हर मुँह से 'जय हो, जय हो', 'बलिहारी, बलिहारी' की ध्वनि निकलने लगी। मारने वाले मास्टर को अगर इन्स्पेक्टर झाड़ दे, तो बालक फूले नहीं समाते।

इसके बाद बैजू बावरा ने सितार हाथ में लिया, और जब उसके पर्दों को हिलाया, तो जनता ब्रह्मानन्द में लीन हो गई। पेड़ों के पत्ते तक निःशब्द हो गए। वायु रुक गयी। सुनने वाले मंत्रमुग्धवत् सुधिहीन हुए सिर हिलाने लगे। बैजू बावरा की अँगुलियाँ सितार पर दौड़ रही थीं। उन तारों पर राग-विद्या निछावर हो रही थी और लोगों के मन उछल रहे थे, झूम रहे थे, थिरक रहे थे।

ऐसा लगता था कि सारे विश्व की मस्ती वहीं आ गई है।

लोगों ने देखा, और हैरान होकर रह गए। कुछ हरिण छलाँगें मारते हुए आए, और बैजू बावरा के पास खड़े हो गए। बैजू बावरा सितार बजाता रहा, बजाता रहा, बजाता रहा। वे हरिण सुनते रहे, सुनते रहे, सुनते रहे। और दर्शक यह असाधारण दृश्य देखते रहे, देखते रहे, देखते रहे।

हरिण मस्त और बेसुध थे। बैजू बावरा ने सितार हाथ से रख दिया, और अपने गले से फूलमालाएँ उतार कर उन्हें पहना दीं। फूलों के स्पर्श से हरिणों को सुध आई, और वे चौकड़ी भरते हुए गायब हो गए। बैजू ने कहा—"तानसेन! मेरी फूलमालाएँ यहाँ मँगवा दें, मैं तब जानूँ, कि आप राग-विद्या जानते हैं।"

तानसेन सितार हाथ में लेकर उसे अपनी पूर्ण प्रवीणता के साथ बजाने लगा। ऐसी अच्छी सितार, ऐसी एकाग्रता के साथ उसने अपने जीवन-भर में कभी न बजाई थी। सितार के साथ वह आप सितार बन गया, और पसीना-पसीना हो गया। उसको अपने तन की सुधि न थी और सितार के बिना संसार में उसके लिए और कुछ न था। आज उसने वह बजाया, जो कभी न बजाया था। आज उसने वह बजाया, जो कभी न बजा सकता था। यह सितार की बाज़ी न थी, यह जीवन और मृत्यु की बाज़ी थी। आज तक उसने अनाड़ी देखे थे। आज उसके सामने एक उस्ताद बैठा था। कितना ऊँचा! कितना गहरा!! कितना महान्!!! आज वह अपनी पूरी कला दिखा देना चाहता था। आज वह किसी तरह भी जीतना चाहता था। आज वह किसी भी तरह जीते रहना चाहता था।

बहुत समय बीत गया। सितार बजता रहा। अँगुलियाँ दुखने लगीं। मगर लोगों ने आज तानसेन को पसन्द न किया। सूरज और जुगनू का मुकाबला ही क्या? आज से पहले उन्होंने जुगनू देखे थे। आज उन्होंने सूरज देख लिया था।

बहुत चेष्टा करने पर भी जब कोई हरिण न आया, तो तानसेन की आँखों के सामने मौत नाचने लगी। देह पसीना-पसीना हो गई। लज्जा ने मुखमण्डल लाल कर दिया था। आखिर खिसियाना होकर बोला—"वे हरिण अचानक

इधर आ निकले थे, राग की तासीर से न आए थे। हिम्मत है तो अब दोबारा बुला कर दिखाओ।''

बैजू बावरा मुस्कराया और धीरे से बोला—''बहुत अच्छा! दोबारा बुलाकर दिखा देता हूँ।''

यह कहकर उसने फिर सितार पकड़ लिया। एक बार फिर संगीत लहरी वायुमण्डल में लहराने लगी। फिर सुनने वाले संगीत सागर की तरंगों में डूबने लगे। हरिण बैजू बावरा के पास फिर आए। वही हरिण जिनकी गर्दन में फूलमालाएँ पड़ी हुई थीं, और जो राग की सुरीली ध्वनि के जादू से बुलाए गए थे। बैजू बावरा ने फूलमालाएँ उतार लीं और हरिण कूदते हुए जिधर से आए थे, उधर को चले गए।

अकबर का तानसेन के साथ अगाध प्रेम था। उसकी मृत्यु निकट देखी, तो उनका कण्ठ भर आया। परन्तु प्रतिज्ञा हो चुकी थी। वे विवश होकर उठे और संक्षेप में निर्णय सुना दिया—

''बैजू बावरा जीत गया—तानसेन हार गया। अब तानसेन की जान बैजू बावरा के हाथ में है।''

तानसेन काँपता हुआ उठा, काँपता हुआ आगे बढ़ा, और काँपता हुआ बैजू बावरा के पाँवों में गिर पड़ा। वह जिसने अपने जीवन में किसी पर दया न की थी, इस समय दया के लिए गिड़गिड़ा रहा था और कह रहा था—''मेरे प्राण न लो! मेरे प्राण न लो!''

बैजू बावरा ने कहा—''मुझे तुम्हारे प्राण लेने की चाह नहीं। तुम इस निष्ठुर नियम को उड़वा दो कि जो कोई आगरा की सीमाओं के अन्दर गाए, अगर तानसेन के जोड़ का न हो, तो मरवा दिया जाए।''

अकबर ने अधीर होकर कहा—''यह नियम अभी—इसी क्षण से उड़ा दिया गया।''

तानसेन बैजू बावरा के चरणों में गिर गया, और दीनता से कहने लगा—''मैं यह उपकार जीवन-भर न भूलूँगा।''

बैजू बावरा ने जवाब दिया—''बारह बरस पहले की बात है, आपने एक बच्चे की जान बख्शी थी। आज उस बच्चे ने आपकी जान बख्शी है।''

तानसेन हैरान होकर देखने लगा। फिर थोड़ी देर बाद उसे एक पुरानी, एक भूली हुई, एक धुँधली-सी बात याद आ गई।

[प्रथम प्रकाशन : सन् 1917]

हार-जीत

यह उन दिनों की बात है, जब भारत पर अंग्रेज़ों का शासन था और भारतीय देशभक्त विलायती कपड़े का बायकाट कर रहे थे।

कलकत्ता के सेठ नरोत्तमदास बड़े प्रसिद्ध व्यापारी थे। उन्हें लाखों की आमदनी थी। वैसे तो उन्होंने कई कामों में अपना रुपया लगा रखा था। परन्तु उनका अधिकतर काम कपड़े का था। दूसरे-तीसरे महीने दो-तीन लाख का ऑर्डर विलायत जाता रहता था। उनकी दुकान पर सौ-दो सौ रुपये का कपड़ा नहीं बिकता था। वह इसे अपना अपमान समझते थे। उनके सौदे हज़ारों से कम नहीं होते थे। उनकी गिनती कलकत्ता के प्रतिष्ठित पुरुषों में थी। बच्चे-बूढ़े सब उनके नाम को जानते थे। और इतना ही नहीं, गवर्नमेंट के अफ़सरों तक उनकी पहुँच थी। हर अवसर पर बीस-तीस हज़ार रुपया चन्दा दे देते थे।

जब देश में स्वदेशी की लहर उठी, तो सेठ साहब भी चौकन्ने हुए। जगह-जगह जलसे हो रहे थे, दो-तीन व्यापारियों ने जोश में आकर प्रण भी कर लिया, कि हम भविष्य में विलायती कपड़ा नहीं मँगाएँगे। परन्तु सेठ साहब पर इस आन्दोलन का ज़रा भी प्रभाव न पड़ा, जिस प्रकार तेल के घड़े पर जल नहीं ठहरता। जब कोई उनसे कहता—"सेठ साहब! आप कब तक इस कीच में फँसे रहेंगे?" तो वह हँसकर उत्तर देते—"इस कीच से मेरी तो लाश ही निकलेगी, मैं जीते जी तो इसे न छोड़ूँगा।" इसके बाद भोला-सा मुँह बनाकर कहते—"देखिए साहब! यह गुलगपाड़ा केवल चार दिन का है। थोड़े दिन और ठहर जाइए! फिर वही विलायती माल और वही ये लोग। क्या आप समझते हैं कि विलायती कपड़े की मार्केट बन्द हो जाएगी? कुछ ही दिनों में देख लेना, लोग इस खादी से तंग आ जाएँगे। जोश में आया हुआ मनुष्य कुछ

समझ नहीं सकता, वर्ना क्या आप ख़याल भी कर सकते हैं कि यदि भारतवर्ष से अंग्रेज़ चले जाएँ, तो यहाँ मार-काट आरम्भ न हो जाए। हमारे पड़ोसी देश इन्हीं से डरते हैं, नहीं तो हमें चार दिन में खा जाएँ।''

~

परन्तु सेठ साहब का पुत्र लखमीचन्द इस आन्दोलन का तन-मन से पक्षपाती था। प्रायः जोश से कहा करता—''विलायती कपड़े ने ही हमारे देश को पराधीन बना रखा है। जब तक स्वदेशी का आन्दोलन पूर्णरूप से सफल नहीं होता, तब तक हमारी गुलामी का भी पूर्णरूप से नाश नहीं होगा।'' जब वह विलायत के बहुत बढ़िया कपड़े पहना करता था, उस समय ऐसा जान पड़ता था, जैसे कोई बैरिस्टर है। परन्तु, अब उसकी अवस्था में आकाश-पाताल का अन्तर था। अब तो विलायती कपड़े देखकर ही उसकी आँखों में लहू उतर आता था।

एक दिन वह बाज़ार से खद्दर के कपड़े खरीद लाया और अपने विलायती कपड़ों के भरे हुए तीन सन्दूकों में आग लगा दी।

सायंकाल सेठ साहब ने यह सुना, तो क्रोध से लाल-पीले हो गए और स्त्री के पास जाकर बोले—''यह तुम्हारा लाल क्या कर रहा है? सुना है, आज उसने अपने सब कपड़े जला डाले हैं?''

सेठानी ने धीरे से उत्तर दिया—''मैं भी उस समय वहाँ खड़ी यह देख रही थी।''

''तो तुमने उसे रोका नहीं?''

''मैं रोक कर क्या करती? वह कोई बुरा काम थोड़े ही कर रहा था।''

''तो तू भी उसके साथ है?''

''और क्या? मैं तो उससे भी आगे हूँ।''

''बड़ा शुभ काम है? तब तो तू समझती होगी कि आज तूने तीर्थयात्रा कर ली?''

सेठानी का चेहरा तमतमा उठा। वह तमककर बोली—''तीर्थयात्रा से भी बढ़कर!''

सेठ साहब ने बैठकर कहा—''मेरे घर में ये बेहूदगियाँ न चलेंगी।''

''देखो! लड़के को कुछ कह न बैठना। उसका दिल छोटा हो जाएगा।

और यह काम वैसे भी भला ही है। कोई सारा देश पागल तो नहीं हो गया।''

''पागल ही हो गया है।''

''महात्मा गाँधी भी?''

''यह मैं नहीं कह सकता। परन्तु इतना अवश्य कहूँगा, कि यह जोश चार दिन का है। इसके बाद फिर लोग वही विलायती कपड़ा पहनने लगेंगे।''

सेठानी ने कहा—''अच्छा! अब लड़के को कुछ कह न बैठना।''

सेठ साहब तिलमिला उठे, जैसे बच्चे के मुँह में मिर्च आ जाए। उन्होंने सेठानी को घूरकर देखा, और बोले—''तुम उसकी बार-बार सिफ़ारिश क्यों कर रही हो? उसने जो नुकसान कर दिया है, उसके विषय में दो बातें करना भी अब पाप हो गया?''

इतने में लखमीचन्द बाहर से आया। वह खादी के कपड़े पहने हुए था। पाँव में चप्पल थी। इस समय वह सन्तोष की मूर्ति दिखाई देता था। परन्तु सेठ साहब के सिर से पाँव तक आग लग गई। बिफ़रे हुए शेर की तरह बोले—''यह क्या रंग बनाया है तूने?''

लखमीचन्द ने सिर झुकाकर बड़ी शान्ति से उत्तर दिया—''कुछ नहीं, खादी है।''

''तू भी पागल हो गया क्या?''

''देश के साथ रहना ही उचित है। मैं तो आपसे भी प्रार्थना करूँगा कि विलायती कपड़े का व्यापार बन्द कर दें।''

''और खाएँ कहाँ से?''

''भगवान एक दरवाज़ा बन्द करेगा, सौ दरवाज़े और खोल देगा। और हमें तो चिन्ता ही काहे की है?''

सेठ साहब ने गरजकर कहा—''तू बकता क्या है? मेरे घर में यह पागलपन नहीं चलेगा।''

लखमीचन्द सीधे स्वभाव का आदमी था। वह पिता के सामने सिर उठाना अनुचित समझता था। परन्तु वह अनुचित दबाव सहन न कर सका। सिर उठाकर बोला—''मेरा यह पागलपन अब दूर नहीं होगा, बढ़ेगा। और मुझे इससे खुशी होगी।''

''अच्छा! इतनी हिम्मत है तुम्हारी?''

''मैंने कोई अनुचित बात तो नहीं कही।''

"मैं तुझे घर से निकाल दूँ, तो एक दिन में होश आ जाए।"

पिता यहाँ तक पहुँच जाएगा, लखमीचन्द को यह आशा न थी। वह क्रोध से बोला—"तो इससे मैं भी मर न जाऊँगा। लीजिए, मैं यह चला।"

सेठानी के दिल में तीर-सा चुभ गया। वह रोती हुई बोली—"बेटा! तू यह क्या पागलपन करता है? तूने तो कभी इतना क्रोध नहीं किया था आज तक।"

लखमीचन्द ने मुँह मोड़कर कहा—"आपने देखा पिताजी ने क्या कहा है मुझे?"

सेठ साहब बोले—"हाँ! ठीक कहा है। जाओ देखता हूँ, कौन माँ तुम्हारे लिए परांठे लेकर बैठी है! और कौन बाप तुम्हारे लिए रुपये की थैलियाँ खोले राह देख रहा है?"

लखमीचन्द ने जवाब न दिया और चुपचाप बाहर निकल गया।

उसकी माँ कुछ क्षण तक चुपचाप बैठी रही। अब सेठ साहब मन-ही-मन लज्जित हो रहे थे कि क्यों क्रोध किया? बात को इतना बढ़ाना उचित न था। मगर अब अपना दोष मानते हुए लज्जा आती थी। यह लज्जा कभी-कभी हमें बहुत खराब करती है और हमारी खुशियों के कई दरवाज़े हम पर बन्द कर देती है।

थोड़ी देर बाद सेठानी ने नागिन के समान गर्दन ऊँची करके कहा—"अगर मेरे लड़के को कोई तकलीफ़ हुई तो आप जानेंगे।"

~

दूसरे दिन सेठ साहब की स्त्री ने भी खद्दर के कपड़े पहन लिए। सेठ साहब ने यह देखा, तो दिल में पानी-पानी हो गए। वह मानते नहीं थे, परन्तु उनका मन उनसे साफ़ कहता था कि दोष उन्हीं का है। इस दोष को स्वीकार करते हुए उनका मुँह कोई बन्द कर देता था। उन्होंने स्त्री को इस वेश में देखा और दृष्टि नीची करके रह गए। कोई बात करने का साहस न हुआ। चुपचाप दुकान को चले गए।

सायंकाल को मालूम हुआ कि स्त्री भी घर से बेटे के पास चली गई है। लखमीचन्द ने बाज़ार में एक बैठक किराये पर ले ली थी। उसकी माँ भी वहीं जा पहुँची। लखमीचन्द ने उसे खद्दर के वेश में देखा, तो उसके हर्ष की

सीमा न रही। वह खुशी से उसके पाँव से लिपट गया। माँ ने कहा—"लखमी! उठ, घर चल।"

लखमीचन्द ने उठकर उत्तर दिया—"आपने देखा, पिताजी ने कैसी धमकी दी थी?"

माता—"पिता पुत्र को धमकाया ही करते हैं, और पुत्र धमकियाँ खाया ही करते हैं।"

"परन्तु यह धमकी बिलकुल नामुनासिब थी।"

"नामुनासिब थी, तो भी मामूली बात है।"

माँ ने पुत्र को बहुत समझाया, परन्तु उसने एक 'न' अक्षर ऐसा पकड़ा कि सैंकड़ों यत्न करने पर भी न छोड़ा। हारकर वह भी वहीं रहने लगी। पुत्र-प्रेम ने पति-प्रेम को दबा दिया। सेठ साहब झुँझलाकर रह गए। परन्तु अपने हठ पर वह भी अड़े रहे। मूँछों पर ताव देकर बोले—"देखता हूँ, यह अकड़ कितने दिन चलती है!"

दूसरे दिन शहर में नया खेल आरम्भ हुआ। कांग्रेस के आदमियों ने विलायती कपड़े की दुकानों पर पहरा लगा दिया। स्वयंसेवकों की सरगरमी देखने के योग्य थी। उनका जोश देखकर मन का कमल खिल उठता था। लखमीचन्द भी एक बजाज की दुकान पर जाकर बोला—"सेठ साहब! मेरी एक प्रार्थना है आपसे।"

सेठ साहब ने खद्दर का वेश, अमीरों का-सा रूप-रंग और देवताओं का-सा तेज प्रताप देखा, तो उनका हृदय श्रद्धा से भर गया। आदर से बोले—"कहिए, क्या आज्ञा है?"

"यह काम बड़ा नीच है। इसे छोड़ दीजिए।"

"कौन-सा काम नीच है?"

"यही विलायती कपड़े का काम! सारा देश इसके विरुद्ध खड़ा हो गया है।"

दुकानदार ने हाथ जोड़कर पूछा—"तो महाराज! खाएँगे कहाँ से? और खाएँगे क्या?"

"आपको भगवान ने बहुत-कुछ दे रखा है। आप सौ काम कर सकेंगे।"

इतने में एक दूसरा दुकानदार आ गया। उसने आते ही लखमीचन्द की ओर आग भरी आँखों से देखा और बोला—"क्या बात है? क्या कहते हैं यह?"

पहले दुकानदार को सहारा मिल गया, ज़रा तेज़ होकर बोला—"कहते हैं, विलायती कपड़ा बेचना बन्द कर दो।"

दूसरे दुकानदार ने कहा—"हम यह नहीं कर सकते। हम कपड़ा बराबर बेचेंगे।"

"तो आपकी दुकानों पर पहरा लगाना पड़ेगा।"

पहला दुकानदार घबरा गया। उसने सुना था, कि स्वयंसेवकों का पहरा कितना सख़्त होता है और उसका परिणाम कैसा भयानक होता है। उसके चेहरे का रंग उड़ गया। मगर दूसरे दुकानदार पर इसका कुछ असर न हुआ। उसने हँसी उड़ाते हुआ कहा—"तू लखमीचन्द है क्या?"

लखमीचन्द का कलेजा धड़कने लगा। उसने उत्तर दिया—"जी हाँ।"

"सेठ नरोत्तमदास का बेटा?"

"जी हाँ!"

"तो भाई मेरे! पहले बाप का काम तो छुड़वा लो, फिर हमारी दुकानों पर भी चले आना।"

पहले दुकानदार के शरीर में जान आ गई। उसने कहा—"अच्छा! यह उनका बेटा है। राम राम! तो बेटा! पहले बाप की दुकान पर पहरा क्यों नहीं लगाते? हमारी तो बाद में बारी आनी चाहिए। कल्याण का काम पहले घर से शुरू करो ना! घर में दीया जलाकर मन्दिर में तुम जलाना।"

लखमीचन्द के कलेजे में तीर-सा लगा। उसने सोचा—'सचमुच यह मेरी ढिठाई है, जो पहरे के लिए खड़ा हो गया। मुझे पिता की परिस्थिति देखनी चाहिए थी। इस तरह तो हमारे आंदोलन की हँसाई हो सकती है।'

उसका जोश सोडे के उबाल की तरह बैठ गया। वह लज्जित होकर अपने कप्तान के पास गया, और बोला—"मेरा पहरा पिताजी की दुकान पर लगा दें, तो बड़ी कृपा हो।"

कप्तान ने सारी बात सुनी तो हैरान रह गया—"यह बड़ी कठिन-सी बात है।"

"मगर मैं आसान कर दूँगा।"

"आज की खबरें तुमने सुनीं?"

"जी नहीं।"

"तुम्हारे पिताजी ने हमारे स्वयंसेवक गिरफ़्तार करा दिए हैं।"

लखमीचन्द ने लज्जित होकर और सिर झुकाकर उत्तर दिया—"तो मैं इसका प्रायश्चित्त करना चाहता हूँ।"

इस समय उसके मुँह पर ऐसी लज्जा बरस रही थी, मानो स्वयं उसने कोई अपराध किया हो। पिता के दोष पर पुत्र लज्जित हुआ।

कप्तान ने कहा—"तो अच्छा! कल से तुम्हारा पहरा तुम्हारे पिताजी की दुकान पर है।"

~

प्रातःकाल हो चुका था। सेठ नरोत्तमदास की दुकान पर स्वयंसेवकों की भीड़ थी। वह व्यापारियों की मिन्नतें करते थे, उनको समझाते थे, उनके पाँव पकड़ लेते थे। व्यापारियों के हृदय पर इसका बहुत प्रभाव पड़ा। सब दुकानें बन्द करके वापस चले गए।

सेठ साहब ने दुकान से बाहर निकलकर कहा—"मैं फ़ोन पर पुलिस को खबर देने जाता हूँ। आप लोग यदि हट जाएँ, तो अच्छा है। नहीं तो जो होगा, देखा जाएगा।"

एकाएक उनकी दृष्टि लखमीचन्द पर पड़ी। उनके हौसले टूट गए। जिस तरह उड़ता हुआ कबूतर बाज़ को देखकर सहम जाता है, उसी तरह पुत्र को स्वयंसेवकों में देखकर पिता का जोश बैठ गया। मन में सोचा, 'यही लड़का है, जो कभी मोटर के बिना दो पग भी नहीं चलता था। आज इसके पाँव में साधारण-सी चप्पल है। सिर के बाल खुश्क हो गए हैं, कपड़े खद्दर के परन्तु चेहरा उसी तरह चमक रहा है। घर से बेघर होकर भिखारियों की तरह काम कर रहा है। परन्तु अपना कोई स्वार्थ नहीं। जो कुछ करता है, देश और जाति के हित के लिए करता है। और इस समय कैद होने को भी तैयार है। राजकुमारों की तरह पला है, परन्तु अपराधियों की तरह दण्ड भुगतने को उतारू है। एक मैं हूँ, जो धन के लोभ में देश और जाति दोनों की परवा नहीं करता। कहने को कोई कहे, मगर यह बात तो सच्ची है कि हम अपने लाभ के लिए भारत को लुटा रहे हैं। अगर यहाँ का रुपया यहीं रहे, तो कितने घरों का रोना बन्द हो जाए, और कितने गरीबों की कंगाली दूर हो जाए। हमने मलमल की बारीकी और मखमल की नर्मी को देख लिया है। यह विचार

नहीं किया कि अपने कपड़े का चलन हो, तो कितनी विधवाओं के लिए आजीविका बन सकती है।'

सेठ का हृदय भर आया। उन्होंने लखमीचन्द को घर से निकाल दिया था परन्तु उसके प्यार को दिल से न निकाल सके। चुपचाप दुकान के अंदर चले गए। लखमीचन्द ने यह देखा, तो सब कुछ समझ गया।

थोड़ी देर बाद दुकान के एक नौकर ने आकर लखमीचन्द से कहा—''आपको सेठ साहब बुला रहे हैं।''

लखमीचन्द दुकान में गया और बाप के सामने चुपचाप खड़ा हो गया। सेठ साहब ने उठकर उसे गले से लगा लिया और कहा—''लखमी! तुमने मुझे शिक्षा दे दी है। मैं यह काम छोड़ रहा हूँ।''

लखमीचन्द पर जादू-सा हो गया। उसने रुक-रुककर पूछा—''तो आप यह काम छोड़ रहे हैं?''

''हाँ! छोड़ रहा हूँ।''

''कब?''

''अभी—इसी समय।''

लखमीचन्द ने पिता की ओर देखकर कहा—''मैंने आपके सामने गुस्ताखी की थी, मुझे क्षमा कर दीजिए।''

नरोत्तमदास ने पुत्र को दूसरी बार फिर गले से लगाया और प्यार से उसका माथा चूम लिया।

इतने में मुन्शी ने एक कागज़ हस्ताक्षर कराने के लिए सामने रख दिया। इसमें एक अंग्रेज़ी फ़र्म के नाम तीन लाख रुपये की धोतियों का ऑर्डर था। सेठजी ने उसे फाड़कर फेंक दिया और मैनेजर से कहा—''दुकान बन्द कर दो।'' फिर लखमीचन्द से बोले—''तुम मोटर लेकर घर चलो और अपनी माँ को भी लेते चलो। मैं भी ज़रा ठहरकर आता हूँ।''

लखमीचन्द गद्‌गद हो रहा था। हँसता हुआ वालंटियरों के पास गया और बोला—''पहरा हटा दो, दुकान बन्द कर दी गई है।''

एक स्वयंसेवक ने पूछा—''और यह माल?''

''किसी दूसरे देश में थोड़े मूल्य पर बेच दिया जाएगा।''

स्वयंसेवकों ने चिल्लाकर कहा—''बोलो भारतमाता की जय!''

''सेठ नरोत्तमदास की जय!''

"भाई लखमीचन्द की जय!"

~

रात का समय था, सेठ नरोत्तमदास मोटर से उतर कर मकान के अन्दर गए। उनकी स्त्री ने उनकी ओर देखा, तो आनन्द से झूमने लगी—सेठ साहब भी खद्दर के कपड़े पहने हुए थे। उसने सेठ साहब को विलायत के बने हुए बढ़िया और बहुमूल्य कपड़े पहने देखा था। वे उनके शरीर पर सजते थे। परन्तु आज खद्दर के कपड़ों में वह मनुष्य नहीं देवता मालूम होते थे। उन कपड़ों में ओछापन था, इनमें भोलापन। उनमें दिखावा था, इनमें सच्चाई। उनमें तड़क-भड़क थी, इनमें सादगी। उनमें और इनमें ज़मीन-आसमान का अन्तर था।

सेठानी का हृदय आनन्द में मस्त हो उठा। वह खुशी से उठकर पति के पैरों पर गिर पड़ी। सेठ साहब ने कहा—"तुम्हारे लिए एक चीज़ लाया हूँ।"

सेठानी ने कुछ उद्विग्न-सी होकर पूछा—"वह क्या?"

"लखमी कहाँ है?"

"अपने कमरे में।"

"ज़रा बुलाओ तो।"

लखमीचन्द आ गया। पिता को खद्दर के वेश में देखकर उसका हृदय भी गद्‌गद हो गया। सेठ साहब ने कहा—"बेटा! बाहर मोटर में तुम्हारी माँ के लिए एक तोहफ़ा रखा है। जाओ, उठा लाओ।"

थोड़ी देर बाद लखमीचन्द एक सुन्दर चर्खा और रुई उठाए हुए अन्दर आया। सेठानी ने हँसकर कहा—"मेरे विचार में यह चार दिन का खेल है। फिर वे लोग होंगे और फिर वही विलायती माल।"

सेठ साहब का मुँह लाल हो गया। कुछ दिन पहले यही शब्द उन्होंने आप कहे थे। उस समय उनका विचार था कि यह आंदोलन शीघ्र ही खत्म हो जाएगा। परन्तु अब अवस्था बदल गई थी। अब उनको पूर्ण विश्वास हो गया था कि इस आंदोलन को ब्रह्मा भी नहीं खत्म कर सकते। अब वह स्वयं स्वदेशी वस्त्र पहन चुके थे। लज्जित-से होकर बोले—"लज्जित क्यों करती हो? मैं अपनी हार आप स्वीकार करता हूँ।"

"परन्तु आपने हारकर ही बाज़ी जीत ली है।"

सेठ साहब समझ न सके कि इसका अर्थ क्या है। हैरान होकर बोले—"इससे तुम्हारा क्या मतलब है?"

लखमीचन्द ने दैनिक पत्र *आंदोलन* का आज का अंक उनके हाथ में देकर कहा—"देखिए।"

सेठ साहब ने पर्चा लेकर देखा। पहला ही लेख उनकी प्रशंसा में था। पढ़कर बोले—"क्या वाहियात लिखा है! मैं इस प्रशंसा के योग्य नहीं।"

सेठानी चर्खा कातने लगी थी। उसकी धूं-धूं की सुमधुर आवाज़ में ये शब्द डूब गए।

लखमीचन्द खड़ा मुस्करा रहा था। कमरा मुस्करा रहा था। कमरे की दीवारें मुस्करा रही थीं।

[प्रथम प्रकाशन : सन् 1921]

न्याय-मंत्री

यह घटना आज से 2,500 वर्ष पहले की है।

एक दिन सन्ध्या समय जब आकाश में बादल लहरा रहे थे, बुद्धगया नामक गाँव में एक परदेसी शिशुपाल ब्राह्मण के द्वार पर आया और नम्रता से बोला—"क्या मुझे रात काटने के लिए स्थान मिल सकेगा?"

शिशुपाल अपने गाँव में सबसे गरीब थे। घोर दरिद्रता ने भूखे बैल की तरह उनकी हड्डियों का पिंजर निकाल रखा था। उनकी आजीविका थोड़ी-सी भूमि पर चलती थी। परन्तु फिर भी परदेसी को द्वार पर देखकर उनका मुख खिल गया। उन्होंने मुस्कराते हुए कहा—"यह मेरा सौभाग्य है। आइए, पधारिए! अतिथि के चरणों से मेरा चौका पवित्र हो जाएगा।"

परदेसी और ब्राह्मण दोनों अन्दर आ गए। भारतवर्ष में अतिथि सत्कार की रीति बहुत प्रचलित थी। शिशुपाल के पुत्र ने अतिथि का सत्कार किया। परदेसी मुग्ध हो गया। उसने ब्राह्मण से कहा—"आपका पुत्र बड़े काम का आदमी है। उसकी सेवा से मैं बहुत प्रसन्न हुआ।"

शिशुपाल ने नाक-भौंह चढ़ाकर उत्तर दिया—"आप मेरे अतिथि हैं। अन्यथा ब्राह्मण ऐसे शब्द कभी नहीं सुन सकते। मेरा पुत्र ब्राह्मण है, सेवक नहीं।"

परदेसी ने अपनी भूल पर लज्जित होकर कहा—"क्षमा कीजिए! मेरा यह अभिप्राय न था। परन्तु आजकल वे ब्राह्मण कहाँ हैं? अब तो आँखें उनके लिए तरसती हैं।"

शिशुपाल ने उत्तर दिया—"ब्राह्मण तो अब भी बहुत हैं कमी केवल देखने वाले क्षत्रियों की है।"

''मैं आपका अभिप्राय नहीं समझा।''

शिशुपाल ने एक लम्बी-चौड़ी वक्तृता आरम्भ कर दी, जिसको सुनकर परदेसी चकित रह गया। उसकी बातें ऐसी युक्तियुक्त और प्रभावशाली थीं, कि परदेसी हैरान रह गया। इस छोटे-से गाँव में ऐसा विद्वान, महान, ऐसा तत्त्वदर्शी पण्डित हो सकता है, इसकी उसे कल्पना भी न थी। उसने शिशुपाल का युक्तियुक्त तर्क और शासन-पद्धति का इतना विशाल ज्ञान देखकर कहा—''मुझे ख़याल न था कि यहाँ गोबर में फूल खिला होगा। महाराज अशोक को पता लग जाए, तो आपको किसी ऊँची पदवी पर नियुक्त कर दें।''

शिशुपाल के सूखे होंठों पर मुस्कराहट आ गई। जिसका अन्त:करण कुढ़ रहा हो, जिसके नेत्र आँसू बरसा रहे हों, जिसका मस्तिष्क अपने आपे में न हो, उसके होंठों पर हँसी भी भयानक प्रतीत होती है। शिशुपाल की आँखें नीचे झुक गईं। उन्होंने थोड़ी देर बाद सिर उठाया और कहा—''आजकल बड़ा अन्याय हो रहा है। जब देखता हूँ, तो मेरा खून उबलने लगता है और रात को नींद उड़ जाती है।''

परदेसी ने पैंतरा बदलकर उत्तर दिया—''शेर-बकरी एक घाट पर पानी पी रहे हैं।''

''रहने दो! मैं सब जानता हूँ।''

''दूसरों का दोष देखना आसान है, परन्तु आप कुछ करके दिखाना कठिन है।''

शिशुपाल ने अग्नि पर पड़े हुए पत्ते की तरह झुलसकर उत्तर दिया—''अवसर मिले तो दिखा दूँ कि न्याय किसे कहते हैं।''

''तो आप अवसर चाहते हैं?''

''हाँ! मैं अवसर चाहता हूँ।''

''फिर कोई अन्याय न होगा?''

''बिलकुल न होगा।''

''कोई अपराधी दण्ड से न बचेगा?''

''कदापि नहीं बचेगा।''

परदेसी ने सहजभाव से कहा—''यह बहुत कठिन है।''

''ब्राह्मण के लिए कोई काम कठिन नहीं। अवसर मिले तो मैं न्याय का डंका बजाकर दिखा दूँगा कि न्याय क्या होता है।''

परदेसी के मुख पर मुस्कराहट थी, आँखों में आभा। उसने हँसकर उत्तर दिया—"यदि मैं अशोक होता, तो आपकी इच्छा पूरी कर देता।"

सहसा ब्राह्मण के हृदय में एक सन्देह उठा, परन्तु दूसरे ही क्षण में दूर हो गया। अब वह फिर वही ब्राह्मण था, वही उसकी बातें थीं, वही उसकी गंभीरता थी।

~

दूसरे दिन महाराज अशोक के दरबार में शिशुपाल को बुलाया गया। इस समाचार से गाँव-भर में आग-सी लग गई। यह वह समय था, जब महाराज अशोक का राज्य आरम्भ ही हुआ था और दमन-नीति का भी आरम्भ था। उस समय महाराज ऐसे निर्दय और निष्ठुर थे कि ब्राह्मणों और स्त्रियों को भी फाँसी पर चढ़ा दिया करते थे। उनकी दयाहीन दृष्टि से बड़े-बड़े वीरों के भी प्राण सूख जाते थे। लोगों ने समझ लिया कि शिशुपाल के लिए महाराज का यह बुलावा मृत्यु का बुलावा है। उनको पूरा-पूरा विश्वास था कि अब शिशुपाल जीते-जी न लौटेंगे। परिणाम यह हुआ कि शिशुपाल के सम्बन्धियों पर दुःख का पहाड़ टूट पड़ा। वे फूट-फूटकर रोने लगे। लोगों ने धीरज बँधाना चाहा। परन्तु शिशुपाल के माथे पर बल न था। वे कहते थे—"जब मैंने कोई अपराध नहीं किया, राज्य के किसी कानून को नहीं तोड़ा, तो कोई मुझे क्यों फाँसी देने लगा। निस्सन्देह राजा ऐसा अन्यायी और अन्धा नहीं हो सकता कि निर्दोष ब्राह्मणों को दुःख देने पर उतारू हो जाए।"

दुःख और कष्ट की लहरों के बीच समुद्र की शिला की तरह शिशुपाल अटल खड़े थे। उन्होंने पुत्र और स्त्री को दिलासा दिया और पाटलिपुत्र की ओर चले।

साँझ हो गई थी, जब शिशुपाल पाटलिपुत्र पहुँचे। वह जब राजमहल में पहुँचाए गए, उस समय तक उनको किसी बात का भय न था। परन्तु राजमहल की शान-शोभा देखकर उन पर भय छा गया। मनुष्य थोड़े जल में निर्भय रहता है, परन्तु गहराई में पहुँचकर घबरा जाता है। शिशुपाल के हृदय में कई प्रकार के बुरे-बुरे विचार उठने लगे। कभी सोचते, 'किसी ने कोई शिकायत न कर दी हो; जो जी में आता है, बेधड़क कह दिया करता हूँ; कहीं इसका फल न

भुगतना पड़े; कई शत्रु हैं।' कभी सोचते, 'वह परदेशी पता नहीं कौन था? हो सकता है, कोई गुप्तचर ही हो और यह आग उसी की लगाई हुई हो; तब तो उसने सब कुछ कह दिया होगा। कैसी मूर्खता की, जो एक अपरिचित से घुल-मिलकर बातें करता रहा; अब पछता रहा हूँ।' कभी सोचते, 'शायद मेरी दरिद्रता की कहानी यहाँ तक पहुँच गई हो और महाराज ने मुझे कुछ देने को बुला भेजा हो, यह भी तो हो सकता है।' इस विचार से हृदय-कमल खिल जाता परन्तु फिर दूसरे विचार से मुरझा जाता।

इतने में सेवक ने आकर कहा—"महाराज आ रहे हैं।"

शिशुपाल का कलेजा धड़कने लगा। उनके प्राण होंठों तक आ गए। राजा का कितना रोब होता है, इसका पहली बार अनुभव हुआ। दृष्टि द्वार की ओर जम गई। महाराज अशोक राजकीय ठाठ से कमरे में आए और मुस्कराते हुए बोले—"ब्राह्मण-देवता, नमस्कार! आशा है, आपने परदेसी को पहचान ही लिया होगा।"

शिशुपाल घबराकर खड़े हो गए। इस समय उनका रोम-रोम काँप रहा था...यह वही था। वही परदेसी!

हाँ, यह वही थे। शिशुपाल काँप कर रह गए। कौन जानता था कि शीत काल की रात को एक ब्राह्मण के यहाँ आश्रय लेने वाला परदेसी, भारत का सम्राट हो सकता है। शिशुपाल ने तुरन्त ही अपने अस्थिर हृदय को स्थिर कर लिया और कहा—"मुझे पता न था कि आप ही महाराज हैं। अन्यथा इतनी स्वतंत्रता से बातचीत न करता। राजा राजा है, प्रजा प्रजा है। दोनों के बीच में बहुत अन्तर है।"

महाराज अशोक बोले—"हूँ।"

"परन्तु मैंने कोई बात बढ़ाकर नहीं कही थी। मैं हर बात को पहले तोलता हूँ, फिर उसे मुँह से बोलता हूँ।"

"हूँ।"

"मैं प्रमाण दे सकता हूँ।"

महाराज ने कहा—"हम नहीं चाहते।"

"तो मुझे क्या आज्ञा होती है महाराज की ओर से?"

"महाराज आपकी परीक्षा लेना चाहते हैं।"

शिशुपाल के हृदय में सहसा एक विचार उठा—मगर क्या वह ठीक होगा?

महाराज ने कहा—“आपने कहा था कि अगर आपको अवसर दिया जाए, तो आप न्याय का डंका बजा देंगे। हम आपकी इसी विषय में परीक्षा लेना चाहते हैं। आप तैयार हैं?”

शिशुपाल ने हंस की तरह गर्दन ऊँची की और कहा—“जी हाँ! अगर महाराज की इच्छा है, तो मैं तैयार हूँ।”

“कल प्रात:काल से आप न्याय-मंत्री नियत किए जाते हैं। सारे नगर पर आपका अधिकार होगा।”

“बहुत अच्छा!”

“पाटलिपुत्र में शान्ति-रक्षा विभाग का हर कर्मचारी आपके अधीन होगा और शान्ति रखने का उत्तरदायित्व केवल आप ही पर होगा।”

“बहुत अच्छा!”

“यदि कोई दुर्घटना हो गई या कोई हत्या हो गई तो इसका उत्तरदायित्व भी आप पर होगा।”

“बहुत अच्छा!”

महाराज थोड़ी देर चुप रहे, फिर हाथ से शाही अँगूठी उतार कर बोले—“यह राजमुद्रा है। आप कल प्रात:काल की पहली किरण के साथ न्याय-मंत्री समझे जाएँगे। हम देखेंगे, आप अपने को किस प्रकार सफल शासक सिद्ध कर सकते हैं। आप अवसर चाहते थे, आपको अवसर मिल गया।”

~

एक महीना बीत गया। न्याय-मंत्री के न्याय और प्रबन्ध की चारों ओर धाक बैठ गई। शिशुपाल ने नगर पर जादू डाल दिया है, ऐसा प्रतीत होता था। उन्होंने चोर-डाकुओं को इस प्रकार वश में कर लिया था, जिस प्रकार साँप को बीन बजाकर सँपेरा वश में कर लेता है। उन दिनों यह हाल था कि लोग दरवाज़े तक खुले छोड़ जाते थे, परन्तु किसी की चोरी न होती थी। शिशुपाल का न्याय अन्धा और बहरा था, जो न सूरत देखता था, न सिफ़ारिश सुनता था। वह केवल दण्ड देना जानता था और दण्ड भी शिक्षाप्रद। नगर की हालत में आकाश-पाताल का अन्तर पड़ गया। लोग हैरान थे, लोग खुश थे, लोगों की खुशी उनके मन में न समाती थी।

रात का समय था। आकाश में तारे खेलते थे। एक अमीर ने एक विशाल भवन के द्वार पर दस्तक दी। दरीचे से किसी स्त्री ने सिर निकालकर पूछा—''कौन है?''

''मैं हूँ। दरवाज़ा खोल दो।''

''परन्तु वह यहाँ नहीं हैं।''

''परवा नहीं। तुम दरवाज़ा खोल दो।''

स्त्री ने कुछ सोचकर उत्तर दिया—''मैं नहीं खोलूँगी। तुम इस समय वापस चले जाओ।''

अमीर ने क्रोध से कहा—''दरवाज़ा खोल दो, नहीं तो मैं इसे तोड़ डालूँगा।''

स्त्री ने उत्तर दिया—''जानते नहीं हो, शहर पर शिशुपाल का शासन है। अब कोई इस प्रकार बलात्कार नहीं कर सकता।''

अमीर ने तलवार निकालकर दरवाज़े पर आक्रमण किया। सहसा एक पहरेदार ने आकर उसका हाथ थाम लिया, और कहा—''क्या कर रहे हो?''

अमीर ने उसकी ओर आगभरी आँखों से देखा और क्रोध भरे शब्दों में बोला—''तुम कौन हो?''

''मैं पहरेदार हूँ।''

''तुम्हें पहरेदार किसने नियत किया है?''

''न्याय-मंत्री ने।''

''मूर्खता न करो। मैं उसे भी मिट्टी में मिला सकता हूँ।''

पहरेदार ने साहस से उत्तर दिया—''परन्तु इस समय महाराज अशोक भी आ जाएँ, तो भी मैं यहाँ से न टलूँगा।''

''क्यों मौत को बुला रहे हो?''

''मैंने जो प्रण किया है, उसे पूरा करूँगा।''

''किससे प्रण किया है?''

''न्याय-मंत्री से।''

''क्या प्रण किया है?''

''यही, कि जब तक तन में प्राण हैं और जब तक लहू की अन्तिम बूँद भी मेरे शरीर में बाकी है, मैं अपने कर्त्तव्य से कभी पीछे न हटूँगा।''

अमीर ने तलवार खींच ली। पहरेदार ने पीछे हटकर कहा—''आप भूल

कर रहे हैं। मैं नौकरी पर हूँ। मेरी पीठ पर सारे राज्य की सेना है।''

परन्तु अमीर ने सुना-अनसुना कर दिया और तलवार लेकर झपटा। पहरेदार ने भी तलवार खींच ली। परन्तु वह अभी नया था, पहले ही वार में गिर गया और मारा गया। अमीर का लहू सूख गया। उसके हाथों के तोते उड़ गए। उसकी यह इच्छा न थी कि पहरेदार को जान से मार दिया जाए। वह उसे केवल डराना चाहता था। परन्तु घाव मर्मस्थान पर लगा। अमीर ने उसकी लाश को एक ओर कर दिया और आप भाग निकला।

~

प्रात:काल इस घटना की चर्चा घर-घर में थी। लोग हैरान थे कि इतना साहस किसे हो गया कि शान्ति-रक्षा विभाग के कर्मचारी को जान से मार डाले, और शिशुपाल के शासन में? राजधानी में आतंक छा गया। शान्ति-रक्षा विभाग के कर्मचारी चारों ओर दौड़ते फिरते थे, मानो यह उनके जीवन और मरण का प्रश्न हो। न्याय-मंत्री ने भी मामले की खोज में दिन-रात एक कर दिया। यह घटना उसके शासनकाल की पहली दुर्घटना थी। उनका खाना-पीना छूट गया, आँखों से नींद उड़ गई। हत्यारे की खोज में उन्होंने कोई कसर उठा न रखी, परन्तु हत्यारे का कुछ भी पता न लगा।

असफलता का हर एक दिन अशोक की क्रोधाग्नि को अधिकाधिक प्रज्ज्वलित कर रहा था। वे कहते—''तुमने कितने ज़ोर से न्याय का दावा किया था? अब क्या हो गया?''

न्याय-मंत्री लज्जा से सिर झुका लेते।

महाराज कहते—''हत्यारा कब तक पकड़ा जाएगा?''

न्याय-मंत्री उत्तर देते—''यत्न कर रहा हूँ। आशा है, जल्दी ही पकड़ लूँगा।''

महाराज कुछ दिन ठहर कर फिर पूछते—''हत्यारा पकड़ा गया?''

न्याय-मंत्री कहते—''नहीं।''

महाराज का क्रोध भड़क उठता। उनकी आँखों से आग की चिनगारियाँ निकलने लगतीं, बादल की तरह गरजकर कहते—''हम यह 'नहीं' सुनते-सुनते तंग आ गए हैं।''

इसी प्रकार एक सप्ताह बीत गया, परन्तु हत्यारे का पता न लगा। अन्त में महाराज अशोक ने शिशुपाल को बुलाकर कहा—"तुम्हें तीन दिन की और मौहलत दी जाती है। यदि इस बीच में भी हत्यारा न पकड़ा गया, तो तुम्हें फाँसी दे दी जाएगी। और हम जो कहते हैं, वह करके भी दिखा सकते हैं। जाओ, अपनी जान बचाने का यत्न करो।"

इस समाचार से नगर-भर में हलचल-सी मच गई। एक महीने के अन्दर-अन्दर शिशुपाल लोकप्रिय हो चुके थे। उनके न्याय की चारों ओर धाक बँध गई थी। लोग महाराज को गालियाँ देने लगे। जहाँ चार आदमी जमा होते, इसी विषय पर बातचीत करने लगते। वे चाहते थे कि चाहे कुछ भी हो जाए, परन्तु शिशुपाल का बाल बाँका न हो। शिशुपाल स्वयं बड़ी उत्सुकता के साथ हत्यारे की खोज में लीन थे। परन्तु व्यर्थ। यहाँ तक कि तीसरा दिन आ गया, अब कुछ ही घण्टे बाकी थे।

~

रात का समय था, परन्तु शिशुपाल की आँखों में नींद न थी। वे नगर के एक घने बाज़ार के अन्दर घूम रहे थे। सहसा एक मकान की खिड़की खुली, और एक स्त्री ने झाँककर बाहर देखा। चारों ओर निःस्तब्धता छाई हुई थी। स्त्री ने धीरे से कहा—"तुम कौन हो? क्या पहरेदार?"

निराशा के अंधेरे में आशा की एक किरण चमक गई। शिशुपाल ने उत्तर दिया—"मैं न्याय-मंत्री हूँ।"

"तो ज़रा यहीं ठहरिए।"

स्त्री खिड़की के पीछे हट गई, और दीपक लेकर नीचे आई। न्याय-मंत्री को साथ लेकर वह अपने कमरे में गई, और बोली—"आज अन्तिम रात है?"

न्याय-मंत्री ने चुभती हुई दृष्टि से स्त्री की ओर देखा, और उत्तर दिया, "हाँ, अन्तिम!"

शब्द साधारण थे, परन्तु इनका अर्थ साधारण न था। स्त्री तिलमिला कर खड़ी हो गई और बोली—"मैं इस घटना को अच्छी तरह जानती हूँ।"

शिशुपाल की मुर्दा देह में प्राण आ गए। वे धैर्य धर कर बोले—"तो कहो।"

"रात का समय था। हत्यारे ने इस मकान का दरवाज़ा खटखटाया। वह यहाँ प्राय: आया करता है।"

"परन्तु क्यों?"

"उसका आचार अच्छा नहीं।"

"फिर आगे?"

"मैंने उत्तर दिया, जिसके पास तुम आए हो, वह आज यहाँ नहीं है। परन्तु उसने इसे झूठ समझा और दरवाज़ा तोड़ने को तैयार हुआ। पहरेदार ने उसे रोका और उसके हाथ से मारा गया।"

न्याय-मंत्री ने पूछा—"परन्तु हत्यारा कौन है?"

स्त्री ने उनके कान में कुछ कहा और सहमी हुई कबूतरी की तरह चारों ओर देखा।

~

दूसरे दिन दरबार में तिल धरने को स्थान न था। आज न्याय-मंत्री का भाग्य-निर्णय होने वाला था। अशोक ने सिंहासन पर बैठते ही कहा—"न्याय-मंत्री को उपस्थित किया जाए!"

शिशुपाल सामने आए। इस समय उनके मुख पर कोई चिन्ता, कोई अशान्ति न थी।

महाराज ने पूछा—"हत्यारे का पता लगा?"

न्याय-मंत्री ने साहसपूर्वक उत्तर दिया—"जी हाँ! लग गया।"

"पेश करो।"

न्याय-मंत्री ने सिर झुकाकर कुछ सोचा। इस समय उनके हृदय में दो विरोधी शक्तियों का संग्राम हो रहा था। यह उनके मुख से स्पष्ट प्रतीत होता था। सहसा उन्होंने दृढ़ संकल्प से सिर उठाया, और अपने एक उच्च अधिकारी को लक्ष्य करते हुए कहा—"धनवीर!"

"श्रीमन्!"

"गिरफ़्तार कर लो, मैं आज्ञा देता हूँ।"

इशारा महाराज की ओर था, दरबार में सन्नाटा छा गया। अशोक का चेहरा लाल हो गया, मानो वह तपा हुआ तांबा हो। आँखों से अग्नि-कण

निकलने लगे। वे तिलमिला कर खड़े हो गए और बोले—"अरे ब्राह्मण! तेरी यहाँ तक मजाल!"

न्याय-मंत्री ने ऐसा प्रकट किया, मानो कुछ सुना ही नहीं और अपने शब्दों को फिर दोहराया—"मैं आज्ञा देता हूँ, गिरफ़्तार कर लो।"

धनवीर पुतली की तरह आगे बढ़ा। दरबारियों की साँस रुक गई। महाराज सिंहासन से नीचे उतर आए। न्याय-मंत्री ने कहा—"यह हत्यारा है। इसे मेरी अदालत में पेश करो।"

यह कहकर वह अपनी कचहरी की ओर चले गए।

धनवीर ने अशोक को हथकड़ी लगा दी और शिशुपाल की कचहरी की ओर ले चला। वहाँ सारा नगर उपस्थित था। शिशुपाल ने आज्ञा दी—"अपराधी राजकुल से है। इसे अकेला पेश किया जाए।"

महाराज अशोक ने संकेत किया, मंत्री-गण पीछे हट गए। महाराज उस जंगले में खड़े हो गए, जो अपराधियों के लिए था। छत्रपति नरेश के अपने राज्य में स्वयं उसके नौकर के हाथों यह व्यवहार हो सकता है, इसका किसी को ख़याल भी न था। परन्तु शिशुपाल दृढ़ संकल्प के साथ न्यायासन पर विराजमान थे। उन्होंने आँख से महाराज को प्रणाम किया। हाथों को न्यायरज्जु से बाँध रखा था। वह धीरे से बोले—"तुम पर पहरेदार की हत्या का आरोप है। बोलो, तुम इसका क्या उत्तर देते हो?"

महाराज अशोक ने होंठ काटकर उत्तर दिया—"वह उद्दण्ड था।"

"तो तुम अपराध स्वीकार करते हो?"

"हाँ! हमने उसको मारा है। परन्तु हमने जान-बूझकर नहीं मारा। हम उसे डराना चाहते थे। वह घायल हो गया। घाव गहरा था, वह मर गया। मगर वह उद्दण्ड था।"

"वह उद्दण्ड नहीं था। मैं उसे चिरकाल से जानता हूँ।"

"वह उद्दण्ड था।"

"तुम झूठ बोलते हो। मैं तुम्हें मौत की सज़ा देता हूँ।"

अशोक की आँखें लाल हो गईं। मंत्रियों ने तलवारें निकाल लीं। कई आदमी शिशुपाल को गालियाँ देने लगे। कई एक ने यहाँ तक कह दिया—न्याय-मंत्री पागल हो गया है। एक आवाज़ आई—तुम अपना सिर सँभालो। अशोक ने हाथ उठाकर शान्त रहने का संकेत किया। चारों ओर फिर वही नि:स्तब्धता

छा गई। न्याय-मंत्री ने कड़ककर कहा—"आप लोगों का क्रोध करना सर्वथा अनुचित है। मैं इस समय न्याय-मंत्री के आसन पर हूँ और न्याय करने बैठा हूँ। महाराज अशोक की दी हुई मुद्रा मेरे हाथ में है। यदि किसी ने शोर-शार किया, तो मैं उसे भी अदालत के अपमान के अपराध में गिरफ़्तार कर लूँगा।"

लोग चुप हो गए।

"अशोक! तुमने एक राजकर्मचारी की हत्या की है। मैं तुम्हारे वध की आज्ञा देता हूँ।"

महाराज ने सिर झुका दिया। इस समय उनके हृदय में आनन्द का समुद्र लहरें मार रहा था। सोचते थे, 'यह मनुष्य सोना है, जो आग में पड़कर कुन्दन हो गया है। कहता था, मेरा न्याय अपनी धूम मचा देगा। इसका वह वचन झूठा न था। इसने अपने कहने की लाज रख ली है। ऐसे ही मनुष्य होते हैं, जिन पर जातियाँ अभिमान करती हैं और जिन पर लोग अपना तन-मन निछावर करने को उद्यत हो जाते हैं। उन्होंने एक विचित्र भाव से सिर ऊँचा किया और कहा—"हम इस आज्ञा के विरुद्ध कुछ नहीं बोलना चाहते।"

न्याय-मंत्री ने एक आदमी को इशारा किया। वह एक स्वर्ण-मूर्ति लेकर उपस्थित हुआ। न्याय-मंत्री ने खड़े होकर कहा—"सज्जनो! यह सच है कि मैं न्याय-मंत्री हूँ। यह भी सच है कि मेरा काम न्याय करना है। यह भी सच है कि एक राजकर्मचारी की हत्या की गई है। उसका दण्ड अवश्यम्भावी है। परन्तु शास्त्रों में राजा को ईश्वर का रूप माना गया है। उसे ईश्वर ही दण्ड दे सकता है। यह काम न्याय-मंत्री की शक्ति के बाहर है। इसलिए मैं आज्ञा देता हूँ कि महाराज को चेतावनी देकर छोड़ दिया जाए और उनकी यह स्वर्ण-मूर्ति फाँसी पर लटकाई जाए, ताकि लोगों को शिक्षा मिले और वे भविष्य में कोई ऐसा अपराध न करें।"

न्याय-मंत्री का जय-जयकार हुआ। लोग इस न्याय पर लट्टू हो गए। वे कहते थे—यह मनुष्य लोहे का है, जो न किसी व्यक्ति से डरता है और न किसी शक्ति के आगे सिर झुकाता है। यह अन्त:करण की आवाज़ सुनता है और उस पर निर्भयता से बढ़ा चला जाता है। और कोई होता तो महाराज के सामने हाथ बाँध खड़ा हो जाता। परन्तु इसने उन्हें 'तुम' कहकर सम्बोधित किया है, मानो कोई साधारण अपराधी हो। महाराज के शरीर में रोमांच हो गया। सहस्रों आँखों ने आनन्द के आँसू बहाए, और सहस्रों ज़बानों ने

ज़ोर-ज़ोर से कहा—"न्याय-मंत्री की जय!"

रात हो गई थी, न्याय-मंत्री राजमहल में पहुँचे और अशोक के सामने शाही अँगूठी रखकर बोले—"महाराज! यह अपनी अँगूठी आप सँभालें। मैं अपने गाँव वापस जाऊँगा।"

अशोक के सम्मान की दृष्टि से उनकी तरफ़ देखकर कहा—"आज आपने मेरी आँखें खोल दी हैं। अब यह कैसे हो सकता है?"

"परन्तु, श्रीमान..."

अशोक ने बात काटकर कहा—"आपका साहस मैं कभी न भूलूँगा। यह बोझ आप ही उठा सकते हैं। मुझे कोई दूसरा इस पद के योग्य दिखाई नहीं देता।"

न्याय-मंत्री निरुत्तर हो गए।

[प्रथम प्रकाशन : सन् 1922]

संन्यासी

लखनवाल, ज़िला गुजरात, का पालू उन लोगों में से था, जो गुणों की गुथली कहे जाते हैं। यदि वह गाँव में न होता, तो होली में झाँकियों का, दीवाली पर जुए का और दशहरे पर रामलीला का प्रबन्ध कठिन हो जाता था। उन दिनों उसे खाने-पीने तक की सुध न रहती थी। वह तन-मन से इन कार्यों में लीन रहता था। गाँव में कोई गाने वाला आ जाता तो लोग पालू के पास जाते कि देखो कुछ राग-विद्या जानता भी है, या यों ही हमें गंवार समझकर धोखा देने आ गया है। पालू अभिमान से सिर हिलाता, और उत्तर देता—''पालू के रहते हुए तो यह असम्भव है। बाद की भगवान जाने।''

केवल इतना ही नहीं, वह बाँसुरी और घड़ा बजाने में भी पूरा उस्ताद था। हीर-रांझे का किस्सा पढ़ने में तो दूर-दूर तक कोई उसके जोड़ का न था। दोपहर के समय जब वह पीपल के पेड़ तले बैठकर ऊँची आवाज़ से जोगी और सहती के सवाल-जवाब पढ़ता तो सारे गाँव के लोग जमा हो जाते और उसकी प्रशंसा के पुल बाँध देते थे। उसके स्वर में जादू था। वह कुछ दिन के लिए भी बाहर चला जाता, तो सारे गाँव में उदासी छा जाती थी।

मगर उसके घर के लोग उसके गुणों की कद्र न करते थे। पालू मन-ही-मन इस पर बहुत कुढ़ता था। तीसरे पहर घर जाता, तो माँ ठण्डी रोटियाँ सामने रख देती। रोटियाँ ठण्डी होती थीं, परन्तु गालियों की भाजी गर्म होती थी। उस पर भावजें तीखे तानों से कड़वी मिर्चें छिड़क देती थीं। पालू उन मिर्चों से कभी-कभी बिलबिला उठता था। परन्तु लोगों की सहानुभूति मिश्री की डली का काम दे जाती थी। घर में मिर्चें मिलती थीं, घर से बाहर मिश्री मिलती थी।

वे तीन भाई थे, सुचालू, बालू और पालू। सुचालू सरकारी स्कूल, गुजरात

में व्यायाम का मास्टर था, इसलिए लोग उसे सुचालामल के नाम से पुकारते थे। बालू दुकान करता था, उसे बालकराम कहते थे। परन्तु पालू की रुचि सर्वथा खेल-कूद ही में थी। उसे लोग पालू ही कहते थे। पिता समझाता था, माँ उपदेश देती थी, भाई निष्ठुर दृष्टि से देखते थे। मगर पालू सुना-अनसुना कर देता और अपने हाल में मस्त रहता था।

इसी प्रकार पालू की आयु के तैंतीस वर्ष बीत गए, परन्तु उसे कोई अपनी लड़की देने को तैयार न हुआ। माँ दुखी होती थी, मगर पालू हँसकर टाल देता था और कहता था—"मैं ब्याह करके क्या करूँगा? मुझे इस बन्धन से दूर ही रहने दो।" परन्तु विधाता के लेख को कौन मिटा सकता है? पाँच मील की दूरी पर टांडा नामक एक गाँव है। वहाँ के एक चौधरी ने पालू को देखा और लट्टू हो गया। रूप-रंग में सुन्दर था, शरीर से सुडौल था। जात-पांत पूछकर उसने अपनी बेटी उसे ब्याह दी।

~

पालू के जीवन में पलटा आ गया। पहले वह दिन के बारह घण्टे बाहर रहता था और घर से ऐसा घबराता था, जैसे चिड़िया पिंजरे से। परन्तु अब वही पिंजरा उसके लिए फूलों की वाटिका बन गया, जिससे बाहर पाँव रखते हुए भी उसका दिल उदास हो जाता था। स्त्री क्या आई, उसकी दुनिया ही बदल गई। अब उसे न बाँसुरी से प्रेम था, न किस्सों से। लोग कहते—"यार! कैसे जोरू-दास हो। कभी बाहर ही नहीं निकलते। हमारे सब साज-समाज उड़ गए। क्या भाभी कभी कमरे से बाहर निकलने की भी आज्ञा नहीं देतीं?" माँ कहती—"बेटा! ब्याह सबके होते आए हैं। परन्तु तुझ सरीखा निर्लज्ज किसी को नहीं देखा कि दिन-रात स्त्री के पास ही बैठा रहे।" पिता उसे सीधा कुछ कहना उचित नहीं समझता था, मगर सुना कर कह दिया करता था—"जब मेरा ब्याह हुआ था, तो मैंने दिन के समय तीन साल तक स्त्री के साथ बात तक न की थी। पर अब तो समय का रंग ही पलट गया है। आज ब्याह होता है, कल घुल-घुल कर बातें होने लगती हैं।"

पालू लाख अनपढ़ था, परन्तु मूर्ख नहीं था कि इन बातों का अर्थ न समझता। पर स्वभाव का बेपरवा था, हँसकर टाल देता। होते-होते नौबत यहाँ

तक पहुँची कि भाई-भावजें बात-बात में ताने देने और घृणा की दृष्टि से देखने लगे। आदमी सब कुछ सह लेता है, पर अपमान नहीं सह सकता। पालू भी बार-बार के अपमान को देख कर चुप न रह सका। एक दिन पिता के सामने जाकर बोला—"यह क्या रोज़-रोज़ ऐसा ही होता रहेगा?"

पिता भी उससे बहुत दुखी था, झल्लाकर बोला—"तुम जैसों के साथ ऐसा ही होना चाहिए।"

"पराई बेटी को ज़हर खिला दूँ?"

"नहीं। ढोल बनाकर गले में डाल लो। संसार में तुम्हारा ही तो अनोखा ब्याह हुआ है ना।"

पालू ने कुछ धीरज से पूछा—"आप अपना विचार साफ़-साफ़ प्रकट कर दें, मैं भी तो कुछ जान पाऊँ।"

"सारे गाँव में तुम्हारी मिट्टी उड़ रही है। क्या अब भी बताने की बात बाकी रह गई है?"

"पर मैंने ऐसी कोई बात ही नहीं की, जिससे मेरी मिट्टी उड़े और लोगों में निन्दा हो।"

"सारा दिन स्त्री के पास बैठे रहते हो, यह क्या कोई थोड़ी निन्दा की बात है? तुम सुधर जाओ। नहीं सारी उमर रोते रहोगे। हमारा क्या है, नदी किनारे के पेड़ हैं—आज हैं, कल बह गए। परन्तु इतना तो सन्तोष रहे कि जीते जी अपने सब पुत्रों को कमाते-खाते देख लिया।"

यह कहते-कहते पिता की आँखों में आँसू आ गए। उनकी एक-एक बात जँची-तुली थी।

पालू को अपनी भूल का ज्ञान हो गया, सिर झुकाकर बोला—"आप जो कहें, मैं वही करने को तैयार हूँ।"

इतनी जल्दी काम बन जाएगा, पिता को यह आशा न थी। प्रसन्न होकर कहने लगे—"जो कहूँगा, करोगे?"

"हाँ! करूँगा।"

"स्त्री को उसके घर भेज दो।"

पालू को ऐसा मालूम हुआ, जैसे किसी ने विष का प्याला सामने रख दिया हो। यदि उसे यह कहा जाता कि तुम घर से बाहर निकल जाओ, और एक-दो वर्ष वापस न लौटो तो वह सिर न उठाता। परन्तु इस बात से जो

उसकी भूलों की स्वीकृति थी, उसके अंतःकरण को दारुण दुःख हुआ। उसे ऐसा लगा मानो उसका पिता उसे दण्ड दे रहा हो, और उससे बदला ले रहा हो। वह दण्ड भुगतने को तैयार था, परन्तु उसका पिता इस बात को जान पाए, यह उसे स्वीकार न था। वह इसे अपना अपमान समझता था। कुछ क्षण चुप रहकर उसने क्रोध से काँपते हुए उत्तर दिया—"यह न होगा।"

"मेरी कुछ परवा न करोगे?"

"करूँगा! पर स्त्री को उसके घर न भेजूँगा। यह असम्भव है।"

"तो यह भी असम्भव है कि मैं तुम्हें परांठे खिलाता रहूँ। कल से किनारा करो।"

जब मनुष्य को क्रोध आता है, तो सबसे पहले जीभ बेकाबू होती है। पालू ने भी उचित-अनुचित का विचार न किया और अकड़कर उत्तर दिया—"मैं इसी घर से खाऊँगा, और देखूँगा कि मुझे कौन निकाल देता है यहाँ से?"

बात साधारण थी, परन्तु दोनों दिलों में गाँठ बँध गई। पालू को उसकी स्त्री ने भी समझाया, माँ ने भी, पर उसने किसी की बात पर कान न दिया, और बेपरवाही से सबको टाल दिया।

अब दिन को प्रेम के दौर चलते थे, रात को स्वर्ग के झकोरे आते थे। पालू की स्त्री की गोद में दो वर्ष का बालक खेलता था, जिस पर माता-पिता दोनों न्यौछावर थे।

एकाएक उजाले में से अन्धकार ने सिर निकाला। गाँव में हैजे का रोग फूट पड़ा। इसका पहला शिकार पालू की स्त्री हुई।

पालू अजीब स्वभाव का आदमी था। धीरज और नम्रता उसके स्वभाव के सर्वथा प्रतिकूल थी। बचपन में वह बेपरवाह था। और यह बेपरवाही चरम सीमा पर पहुँच चुकी थी। आठ-आठ दिन घर से बाहर रहना उसके लिए साधारण बात थी। फिर ब्याह हुआ तो प्रेम ने हृदय के साथ पाँव को भी जकड़ लिया। यह वह समय था, जब उसकी आँखें एकाएक बाह्य संसार की ओर से बन्द हो गईं और वह प्रेम-पाश में इस तरह फँस गया, जैसे शहद में मक्खी फँस जाती है। मित्रमण्डली नोक-झोंक करती थी, भाई-बन्धु आँखों में मुस्कराते थे, मगर उसकी आँखें और कान दोनों बन्द थे। जब स्त्री मर गई, तब पालू की प्रकृति फिर चंचल हो उठी। इस चंचलता को न खेल-तमाशे रोक सके,

न मनोरंजक किस्से-कहानियाँ। ये दोनों उससे पददलित हो चुके थे।

प्राय: ऐसा देखा गया है कि पढ़े-लिखे लोगों की अपेक्षा अनपढ़ और मूर्ख लोग अपनी टेक का अधिक ख़याल रखते हैं और इसके लिए तन-मन-धन तक न्यौछावर कर देते हैं। पालू में यह गुण कूट-कूट कर भरा था। माता-पिता ने दोबारा ब्याह करने की ठानी, परन्तु पालू ने स्वीकार न किया, और उनसे साफ़-साफ़ कह दिया कि जिस बन्धन से एक बार छूट चुका हूँ, उसमें दोबारा न फँसूँगा। गृहस्थी का सुख-भोग मेरे प्रारब्ध में न था। यदि होता, तो मेरी पहली स्त्री क्यों मरती? अब तो इसी प्रकार जीवन बिता दूँगा।

परन्तु यह अवस्था भी अधिक समय तक न रह सकी। तीन मास के अन्दर-अन्दर उसके माता-पिता दोनों चल बसे। पालू के दिल पर दूसरी चोट लगी। क्रिया-कर्म से निपटा, तो रोता हुआ बड़ी भावज के पाँवों में गिर पड़ा और बोला—"अब तो तुम्हीं बचा सकती हो, वरना मेरे मरने में कोई कसर नहीं।"

भावज ने उसके सिर पर हाथ फेरकर कहा—"मैं तुम्हें पुत्रों से बढ़कर चाहूँगी। क्या हुआ, जो तुम्हारे माता-पिता मर गए। हम तो जीते हैं।"

"यह नहीं! मेरे बेटे को सँभालो। मैं अब घर में न रहूँगा।"

उसकी भाभी अवाक् रह गई। पालू अब सम्पत्ति बाँटने के लिए झगड़ा करेगा, उसे इस बात की शंका थी। परन्तु यह सुनकर कि पालू घर-बार छोड़ जाने को तैयार है, उसका हृदय आनन्द से झूमने लगा। वह अपने हर्ष को छिपाकर बोली—"यह क्या? तुम भी हमें छोड़ जाओगे, तो हमारा जी यहाँ कैसे लगेगा?"

"मुझे तो अब यह घर भूत के समान काटने को दौड़ता है। मैं यहाँ रहूँगा तो जीता न बचूँगा। मेरे बच्चे के सिर पर हाथ रखो। मुझे न धन चाहिए, न जायदाद चाहिए। मैं सांसारिक बन्धनों से मुक्त होना चाहता हूँ। अब मैं संन्यासी बनूँगा।"

यह कहकर उसने अपने पुत्र सुखदयाल को घसीटकर भावज की गोद में डाल दिया और रोते हुए बोला—"इसकी माँ मर चुकी है, पिता संन्यासी हो रहा है। परमात्मा के लिए इसका दिल न दुखाना।"

बालक ने जब देखा पिता रो रहा है, तो वह भी रोने लगा और पिता के गले से लिपट गया। परन्तु पालू के पाँव को यह बंधन भी न बाँध सका। उसने हृदय पर पत्थर रखा और अपने संकल्प को दृढ़ कर लिया।

सायंकाल को जब पशु-पक्षी अपने-अपने बच्चों के पास घरों को वापस लौट रहे थे, पालू अपने बच्चे को छोड़कर घर से बाहर भागा जा रहा था।

~

दो वर्ष बीत गए। पालू की हालत में आकाश-पाताल का अन्तर पड़ गया। वह पर्वत पर रहता था, पत्थरों पर सोता था, रात को जागता था और हर समय ईश्वर-भक्ति में लीन रहता था। उसके इस आत्मसंयम की सारे ऋषिकेश में धूम मच गई। यात्री लोग जब तक स्वामी विद्यानन्द के दर्शन न कर लेते थे, अपनी यात्रा को सफल न समझते थे। उनकी कुटिया बहुत दूर पर्वत की एक कन्दरा में थी, परन्तु उनके आकर्षण से लोग वहाँ भी खिंचे चले आते थे। उनकी कुटिया में रुपये-पैसे और फल-मेवे के ढेर लगे रहते थे। परन्तु वह त्याग का पुतला उनकी ओर आँख भी न उठाता था। हाँ, इतना लाभ अवश्य हुआ कि इस कारण स्वामीजी के बीसियों चेले बन गए।

स्वामीजी के मुखमण्डल पर तेज बरसता था, जैसे सूरज से किरणें निकलती हैं। परन्तु इतना होते हुए भी उनके चित्त को चैन न था। प्राय: सोचा करते थे कि देश-देशान्तर में मेरी भक्ति की धूम मच रही है। दूर-दूर तक मेरे यश के डंके बज रहे हैं; मेरे समय को देखकर बड़े-बड़े महात्मा दंग रह जाते हैं। परन्तु मेरे मन को शान्ति क्यों नहीं? सोता हूँ, तो सुख की निद्रा नहीं आती—जागता हूँ तो पूजा-पाठ में मन एकाग्र नहीं होता।

इसी तरह दो बरस बीत गए। प्राय: उनके कान में आवाज़ आती थी कि तू अपने आदर्श से दूर जा रहा है। स्वामीजी बैठे-बैठे चौंक उठते थे मानो किसी ने काँटा चुभो दिया हो। बार-बार सोचते थे, परन्तु कारण समझ में न आता था। तब वह घबराकर रोने लग जाते थे। इससे मन तो हल्का हो जाता था, परन्तु चित्त को चैन फिर भी न मिलता था। उस समय सोचते—'संसार मुझे धर्मावतार समझ रहा है, पर कौन जानता है कि यहाँ आठों पहर आग लगी रहती है। पता नहीं पिछले जन्म में कौन से पाप किए थे, जो सारी मेहनत अकारथ जा रही है।'

अन्त में उन्होंने एक दिन डंडा हाथ में लिया और अपने गुरु स्वामी प्रकाशानन्द के पास जा पहुँचे। उस समय वह *रामायण* की कथा से निवृत्त हुए थे। उन्होंने ज्यों ही स्वामी विद्यानन्द को देखा, फूल की तरह खिल गए।

उन्हें विद्यानन्द पर गर्व था। हँसकर बोले—"कहिए क्या हाल है? शरीर तो अच्छा है ना?"

परन्तु स्वामी विद्यानन्द ने कोई उत्तर न दिया। वे रोते हुए उनके चरणों से लिपट गए।

स्वामी प्रकाशानन्द को बड़ा आश्चर्य हुआ। अपने सबसे प्रिय शिष्य को रोते देखकर उनकी आत्मा को आघात-सा लगा। वह उन्हें प्यार से उठाकर बोले—"क्यों! कुशल तो है? रोते क्यों हो?"

स्वामी विद्यानन्द ने बालकों की तरह फूट-फूटकर रोते हुए कहा—"महाराज! मैं पाखण्डी हूँ। संसार मुझे धर्मावतार समझता है, परन्तु मेरे मन में अभी तक शान्ति नहीं है।"

जिस प्रकार एक भले-चंगे आदमी को देखने के कुछ क्षण बाद उसकी मृत्यु का समाचार सुनकर विश्वास नहीं होता, उसी प्रकार स्वामी प्रकाशानन्द को अपने सदाचारी शिष्य की बात पर विश्वास न हुआ। उन्होंने इस तरह, जैसे उनके कानों ने धोखा खाया हो, पूछा—"क्या कहा?"

स्वामी विद्यानन्द ने सिर झुकाकर उत्तर दिया—"महाराज! मेरा शरीर दग्ध हो गया है, परन्तु मन अभी तक निर्मल नहीं है।"

"इससे तुम्हारा अभिप्राय क्या है?"

"मैं सदा अशान्त रहता हूँ। मानो कोई कर्त्तव्य है, जिसे मैं पूरा नहीं कर रहा हूँ।"

"इसका कारण क्या हो सकता है—जानते हो?"

"जानता तो आपकी सेवा में क्यों आता?"

एकाएक स्वामी प्रकाशानन्द को कोई बात याद आ गई। वह हँसकर बोले, "तुम्हारी स्त्री है?"

"उसकी मृत्यु ही तो संन्यास का कारण हुई थी।"

"माता?"

"वह भी नहीं।"

"पिता?"

"वह भी मर चुके हैं।"

"कोई बाल-बच्चे?"

"हाँ! एक बालक है। अब वह चार साल का होगा।"

"उसका पालन-पोषण कौन करता है?"

"मेरा भाई और मेरी भाभी।"

स्वामी प्रकाशानन्द को रास्ता सूझ गया। वह हँसकर बोले—"तुम्हारी अशान्ति का कारण मालूम हो गया। हम कल तुम्हारे साथ तुम्हारे गाँव चलेंगे।"

विद्यानन्द ने नम्रता से पूछा—"मुझे शान्ति मिल जाएगी?"

"अवश्य मिलेगी। कल अपने गाँव चलने की तैयारी करो।"

~

पालू के मित्रों में लाला गणपतराय का पुत्र भोलानाथ हांडा बड़ा सज्जन पुरुष था। उसे पालू के साथ प्रेम था। उसके मन की स्वच्छता, उसके भोलेपन, उसकी नि:स्वार्थता पर भोलानाथ तन-मन से न्यौछावर था। जब तक पालू लखनवाल में रहा, भोलानाथ ने सदा उसकी सहायता की। वे दोनों जौहड़ के किनारे बैठते, धर्मशाला में जाकर खेलते, मन्दिर में जाकर कथा सुनते। लोग देखते तो कहते—कृष्ण-सुदामा की जोड़ी है। परन्तु कृष्ण के आदर-सत्कार करने पर भी जब सुदामा ने वन का रास्ता लिया, तब कृष्ण को बहुत दु:ख हुआ। इसके बाद उसे किसी ने खुलकर हँसते नहीं देखा।

भोलानाथ ने पालू का पता लगाने की बड़ी चेष्टा की, परन्तु जब यत्न करने पर सफलता न हुई, तब उसके पुत्र सुखदयाल की ओर ध्यान दिया। प्राय: बालकराम के घर चले जाते और सुखदयाल को गोद में उठा लेते, चूमते, प्यार करते, पैसे देते। कभी-कभी उसे उठाकर अपने घर भी ले जाते थे। वहाँ उसे मिठाई खिलाते थे और बाहर ले जाते थे। लोगों से कहते—यह अनाथ है, इसे देखकर मेरा मन मेरे बस में नहीं रहता। उनके पैरों की चाप सुनकर सुखदयाल के चेहरे पर रौनक आ जाती थी। उसके साथ चाचा-चाची घोर निर्दयता का व्यवहार करते थे और भोलानाथ का उसे प्यार करना तो उन्हें और भी बुरा लगता था। प्राय: कहा करते—"कैसा निर्दयी है! हमारी बच्चियों के साथ बात भी नहीं करता। इतनी गोरी और सुन्दर हैं, जैसे मक्खन के पेड़े देखने से भूख मिटती है। परन्तु उसे सुखदयाल के सिवा कोई पसन्द ही नहीं आता, तो न सही, परन्तु क्या यह भी नहीं हो सकता, कि कभी-कभी उनके हाथ पर दो पैसे ही रख दे।" पर ये बातें भोलानाथ के सामने कहने का उन्हें साहस न होता था।

हाँ! उनका क्रोध बेचारे सुखदयाल पर उतरता था। जल की तरह क्रोध भी सदा नीचे की ओर ही बहता है। परिणाम यह हुआ कि सुखदयाल सदा उदास रहने लगा। उसका मुख-कमल कुम्हला गया। प्रेम जीवन की धूप है। वह उसे प्राप्त न था। जब कभी भोलानाथ आता, तभी उसे पितृ-प्रेम का अनुभव होता था।

लोहड़ी का दिन था, सांझ का समय। बालकराम के द्वार पर पुरुषों की भीड़ थी, आँगन में स्त्रियों का जमघट। कोई गाती थी, कोई हँसती थी, कोई आग में चावल फेंकती थी, कोई चिवड़े खाती थी, तीन लड़कियों के बाद भगवान ने पुत्र दिया था। आज उसकी पहली लोहड़ी थी। बालकराम और उसकी स्त्री दोनों आनन्द से फूले न समाते थे। बड़े समारोह से त्यौहार मनाया जा रहा था। दस रुपये की मक्की उड़ गई, चिवड़े और रेवड़ियाँ इसके अतिरिक्त। परन्तु सुखदयाल की ओर किसी का भी ध्यान न था। वह घर से बाहर एक दीवार के साथ खड़ा लोगों की ओर प्यासी आँखों से देख रहा था कि एकाएक भोलानाथ ने कन्धे पर हाथ रखकर कहा—"सुक्खू!"

सूखे धानों में पानी पड़ गया। सुखदयाल ने गद्‌गद होकर उत्तर दिया—"चाचा!"

"आज लोहड़ी है। तुम्हारी ताई ने तुम्हें क्या दिया?"

"मक्की!"

"और क्या दिया?"

"और कुछ नहीं।"

"और तुम्हारी बहनों को?"

"मिठाई भी दी, नारंगियाँ भी दीं, पैसे भी दिए।"

भोलानाथ की आँखों में जल भर आया। भर्राए हुए स्वर में बोला—"हमारे घर चलोगे?"

"हाँ, चलूँगा।"

"कुछ खाओगे?"

"हाँ, खाऊँगा।"

घर पहुँचकर भोलानाथ ने पत्नी से कहा—"इसे कुछ खाने को दो।" भोलानाथ की तरह उसकी पत्नी भी सुखदयाल से प्यार करती थी। उसने बहुत-सी मिठाई उसके सामने रख दी। सुखदयाल मज़े से खाने लगा। जब खा चुका तो चलने को तैयार हुआ। भोलानाथ ने कहा—"ठहरो। इतनी जल्दी काहे की है?"

"ताई मारेगी।"

"क्यों मारेगी।"

"कहेगी, तू चाचा के घर क्यों चला गया था?"

"तेरी बहनों को भी मारती है?"

"नहीं, उन्हें प्यार करती है।"

भोलानाथ अपनी स्त्री से बोले—"जो मिठाई बची है, वह इसकी जेब में डाल दे।"

सुखदयाल ने प्यासी आँखों से मिठाई की ओर देखा और जवाब दिया, "न।"

"क्यों?"

"ताई मारेगी और मिठाई छीन लेगी।"

"पहले भी कभी मारा है?"

"हाँ, मारा है।"

"कितनी बार मारा है?"

"कई बार मारा है।"

"किस तरह मारा है?"

"चिमटे से मारा है। बेलन से मारा है। लकड़ी से मारा है।"

भोलानाथ का दिल रो उठा। उन्होंने ठंडी साँस भरी, और चुप हो गए। सुखदयाल धीरे-धीरे अपने घर की ओर चला गया। परन्तु उसकी बातें ताई के कानों तक उससे पहले जा पहुँची थीं। उसके क्रोध की कोई थाह नहीं थी।

जब रात अधिक बीत गई और गली-मुहल्ले की स्त्रियाँ अपने-अपने घर चली गईं, तो उसने सुखदयाल को पकड़कर कहा—"क्यों बे कलमुँहे! चाचा से क्या कहता था?"

सुखदयाल का कलेजा काँप गया। डरते-डरते बोला—"कुछ नहीं कहा था।"

"तू तो कहता था, ताई मुझे चिमटे से मारती है, बेलन से मारती है।"

बालकराम पास खड़ा था, आश्चर्य से बोला—"अच्छा! अब यह छोकरा हमारी मिट्टी उड़ाने पर उतर आया है।"

सुखदयाल ने आँखों ही आँखों में ताऊ की ओर देखकर प्रार्थना की कि मुझे इस निर्दयी से बचाओ। परन्तु वहाँ भी क्रोध बैठा था। ताई ने कड़े स्वर

में डाँटकर पूछा—"क्यों? अब तू बोलता क्यों नहीं?"

"अब न कहूँगा।"

"अब न कहूँगा! न मरता है, न पीछा छोड़ता है। खाने को देते जाओ, जैसे इसके बाप की जागीर पड़ी है।"

यह कहकर उसने पास पड़ा हुआ बेलन उठाया। उसे देखकर सुखदयाल बिलबिला उठा। परन्तु अभी बेलन उसकी पीठ पर पड़ा न था कि उसकी लड़की दौड़ती हुई आई और कहने लगी—"चाचा आया है।"

सुखदेवी का हृदय काँप गया। वह बैठी थी, खड़ी हो गई और बोली—"कौन-सा चाचा? गुजरात वाला?"

"नहीं, पालू चाचा!"

सुखदेवी और बालकराम दोनों हैरान रह गए। जिस प्रकार बिल्ली को सामने देखकर कबूतर सहम जाता है, उसी प्रकार दोनों सहम गए। आज से दो वर्ष पहले, जब पालू साधु बनने के लिए विदा होने आया था, तब सुखदेवी मन में खुश हुई थी, परन्तु उसने प्रकट किया था कि उसका हृदय इस समाचार से टुकड़े-टुकड़े हो गया है। इस समय उसके मन में भय और व्याकुलता थी, परंतु मुख पर प्रसन्नता की झलक थी। वह जल्दी से बाहर निकली और बोली—"पालू!"

परन्तु वहाँ पालू के स्थान पर एक साधु-महात्मा खड़े थे, जिनके मुख-मण्डल से तेज की किरणें निकल रही थीं। सुखदेवी के मन को धीरज हुआ। मगर एकाएक ख़याल आया, यह तो वही है। वही मुँह, वही आँखें, वही रंग, वही रूप। परन्तु कितना परिवर्तन हो गया है! कहाँ वह पालू? कहाँ यह महात्मा? आकाश-पाताल का अन्तर था। सुखदेवी ने मुस्कराकर कहा—"स्वामीजी, नमस्कार करती हूँ।"

इतने में बालकराम अन्दर से निकला और रोता हुआ स्वामीजी से लिपट गया। स्वामीजी भी रोने लगे। परन्तु यह रोना दुःख का नहीं आनन्द का था। जब हृदय कुछ स्थिर हुआ तो बोले—"भाई, ज़रा बाल-बच्चों को तो बुलाओ। देखने को जी तरस गया।"

सुखदेवी अन्दर को चली, परन्तु पाँव मन-मन के भारी हो गए। वह सोचती थी, यदि बालक सो गए होते तो कैसा अच्छा होता? सब बातें ढँकी रहतीं। अब क्या करूँ? इस बदमाश सुक्खू के कपड़े इतने मैले हैं कि सामने

करने का साहस नहीं पड़ता। आँखें कैसे मिलाऊँगी? रंग में भंग डालने के लिए इसे आज ही आना था। दो वर्ष बाद आया है। इतना भी न हुआ कि पहले पत्र ही लिख देता। लिख देता, तो तैयार हो जाती।

इतने में स्वामी विद्यानन्द अन्दर आ गए। पितृ-वात्सल्य ने लज्जा को दबा लिया था। परन्तु सुखदयाल और भतीजों के वस्त्र तथा उनके रंग-रूप को देखा, तो खड़े के खड़े रह गए। भतीजियाँ ऐसी थीं, जैसे चमेली के फूल, और सुक्खू? वही सुक्खू, जो कभी मैना के समान चहकता फिरता था; जिसकी बातें सुनने के लिए राह जाते लोग खड़े हो जाते थे; जिसकी नटखटी बातों पर प्यार आता था; अब उदासीनता की मूर्ति बना हुआ था। उसका मुँह इस प्रकार कुम्हलाया हुआ था, जिस प्रकार जल न मिलने से पौधा कुम्हला जाता है। उसके बाल रूखे थे, और मुँह पर गरीबी बरसती थी। उसके वस्त्र मैले-कुचैले थे, जैसे किसी भिखारी का बेटा हो। स्वामी विद्यानन्द के नेत्रों में आँसू आ गए। सुखदेवी और बालकराम पर घड़ों पानी पड़ गया। बालकराम ने खिसियाकर कहा—"कैसा शरारती है! दिन-रात धूल में खेलता रहता है।"

स्वामी विद्यानन्द दिल में सब कुछ समझ गए, परन्तु उन्होंने मुँह से कुछ नहीं कहा और बोले—"मैं आज अपने पुराने कमरे में सोऊँगा। एक चारपाई डलवा दो।"

रात का समय था। स्वामी विद्यानन्द सुक्खू को लिए हुए अपने कमरे में पहुँचे। पुरानी बातें ज्यों-की-त्यों याद आ गईं। यही कमरा था, जहाँ प्रेम के प्याले पिए थे। इसी स्थान पर बैठ कर प्यार का पाठ पढ़ा था। यही वाटिका थी, जिसमें प्रेम-पवन के मस्त झोंके चलते थे। कैसा आनन्द था, विचित्र काल था, अद्‌भुत वसन्त ऋतु थी, जिसने शिशिर के झोंके कभी देखे ही न थे। आज वह वाटिका उजड़ चुकी थी। प्रेम का राज्य लुट चुका था। स्वामी विद्यानन्द के मन में हलचल मच गई।

परन्तु सुक्खू का मुख इस प्रकार चमकता था जैसे ग्रहण के पश्चात् चन्द्रमा। उसे देखकर स्वामी विद्यानन्द ने सोचा—'मैं कैसा मूर्ख हूँ। ताऊ और ताई जब इस पर सख्ती करते होंगे, जब अकारण इसको मारते-पीटते होंगे, जब इसके सामने अपनी लड़कियों से प्यार करते होंगे, उस समय यह क्या कहता होगा? इसके हृदय में क्या विचार उठते होंगे। यही कि मेरा पिता नहीं है। वह मर गया, नहीं तो मैं इस दशा में क्यों रहता? यह फूल था, आज

धूल में मिला हुआ है। इसके हृदय में धड़कन है, नेत्रों में त्रास है, मुख पर उदासी है। वह चंचलता जो बच्चों का गुण है, इसमें नाम को नहीं। वह हठ जो बालकों की सुन्दरता है, इससे विदा हो चुकी है। यह बालपन ही में बूढ़ों की तरह गम्भीर हो गया है। इस अनर्थ का उत्तरदायित्व मेरे सिर है, जो इसे यहाँ छोड़ गया।'

इन्हीं विचारों में झपकी आ गई, तो क्या देखते हैं, कि वही ऋषिकेश का पहाड़ है, वही कन्दरा है, उसमें वही देवी की मूर्ति है, और वह उसके सामने खड़े रो-रोकर कह रहे हैं—''माता! दो वर्ष बीत गए। अभी तक शान्ति नहीं मिली। क्या यह जीवन रोने ही में बीत जाएगा?''

एकाएक पत्थर की मूर्ति के होंठ हिले, और स्वामी विद्यानन्द ने अपने कान उधर लगा दिए। आवाज़ आई—''तू क्या माँगता है, यश?''

''नहीं! मुझे उसकी आवश्यकता नहीं।''

''तो धन?''

''नहीं, वह भी नहीं।''

''तो फिर जगत्-दिखावा क्यों करता है?''

''मुझे शान्ति चाहिए।''

''शान्ति के लिए सेवा-मार्ग की आवश्यकता है। पहाड़ छोड़, और नगर में जा। वहाँ दुःखी जन रहते हैं। उनके दुःख दूर कर। किसी के घाव पर फाहा रख, किसी के टूटे हुए मन को धीरज बँधा। परन्तु यह रास्ता भी तेरे लिए ठीक नहीं। तेरा पुत्र है, पहले तू उसकी सेवा कर। तेरे मन को शान्ति मिल जाएगी।''

यह सुनते ही स्वामी जी की आँखों से पर्दा हट गया। जागे, तो सारा भेद उन पर खुल चुका था कि मन की शान्ति कर्त्तव्य-पालन से मिलती है। उन्होंने सुखदयाल को ज़ोर से गले लगाया और उसके रूखे मुँह को चूम लिया।

[प्रथम प्रकाशन : सन् 1922]

अपनी तरफ़ देखकर

मेरे दफ़्तर के बाबुओं में साधुराम सबसे जूनियर था। उसका मासिक वेतन केवल पच्चीस रुपये था। मगर उसका काम सबसे अधिक और सबसे सुथरा होता था। मैंने उसे कभी दफ़्तर में देर से आते नहीं देखा, न मैंने कभी उसके काम में कमी पाई। दस से चार बजे तक वह सिर नीचा किए बराबर अपने काम में लगा रहता था। अगर मैं कभी बाहर चला जाता, तो सब बाबू काम छोड़कर बातें करने लग जाते, पर साधुराम इसे अधर्म समझता था। वह उस समय भी बराबर अपने कागज़ों पर झुका रहता था। मैंने कभी उसे किसी से लड़ते-झगड़ते भी नहीं देखा। वह ऐसा भलामानस और सज्जन पुरुष था कि चपरासियों को भी 'तू' कहकर नहीं बुलाता था। कई बार मैंने साधुराम को चपरासियों से कोई काम कराने के लिए कहा, परन्तु उसे उसने आप ही कर लिया। मैं इसे दफ़्तर का अपमान समझता था और साधुराम को डाँट देता था। परन्तु वह इसे भी चुपचाप सह लेता था।

इतना ही नहीं, उसमें और भी कई गुण थे। वेतन थोड़ा होने पर भी उसके कपड़े दूसरों से साफ़ होते थे और मुखमण्डल खिला हुआ फूल। मैंने उसे कभी उदास नहीं देखा, परेशान नहीं देखा, थका-हारा नहीं देखा। दफ़्तर के दूसरे आदमी प्रायः अपना काम भी उसे सौंप दिया करते थे। कोई और होता, तो जल-भुनकर कोयला हो जाता। मगर साधुराम के मस्तक पर बल न पड़ता था। वह उसे भी ऐसे परिश्रम और मनोयोग से करता था, जैसे यह बेगारी न हो, उसका अपना काम हो।

उसके इन गुणों ने मेरे दिल में अपना स्थान बना लिया। मैं उसे अपने कमरे में बुलाने लगा। अब मुझे मालूम हुआ कि उसका हृदय आत्मज्ञान का

सरोवर है। बातचीत करते समय वह कभी रोब में नहीं आता था—जिस बात पर अड़ जाता, उससे उसे हटाना आसान न था। मैं ज्यों-ज्यों उससे अधिक परिचित होता गया, उसका प्रेम मेरे हृदय में घर करता गया। यहाँ तक कि मैंने उसे अपने मकान पर भी बुलाना आरम्भ कर दिया।

अब हर रोज़ सायंकाल को वह मेरे यहाँ आया करता था और मुझसे घण्टों बातचीत करता रहता था। आठ-दस दिन ही में मेरे बाल-बच्चों को उससे इतना प्रेम हो गया कि सांझ होते ही द्वार पर जा खड़े होते। यदि उसे आने में ज़रा भी देर हो जाती, तो व्याकुल हो उठते। परन्तु साधुराम आत्म-सम्मान को कभी हाथ से नहीं जाने देता था। मेरी सम्मति में वह किसी दफ़्तर का इन्चार्ज (incharge) होने के योग्य था। परन्तु प्रारब्ध ने उसे कहाँ फेंक रखा था! सोना पीतल की खान में पड़ा था और सोने को शिकायत न थी। उलटा पीतल को शिकायत थी।

~

मुझे दफ़्तर में आए हुए एक वर्ष हो गया। इस बीच में कई स्थान खाली हुए, जिनके लिए जूनियर क्लर्कों ने प्रार्थना-पत्र भेजे। परन्तु साधुराम ने ऐसी कोई कोशिश न की। मैं जानता था कि साधुराम उनके लिए सब तरह से योग्य है। मैं चाहता था कि अवसर मिले, तो उसे किसी उच्च पद पर नियत कर दूँ। मगर वह इतना सीधा-सादा और ऐसा सन्तोषी जीव था कि उसने एक बार भी मुझसे नहीं कहा कि मेरा ध्यान रखना।

पहले-पहल मैंने इसे उसका अभिमान और अपना अपमान समझा और तरक्की का हर एक अवसर दूसरों को देता गया। साधुराम पच्चीस ही पर पड़ा रहा। वह मेरे पास प्रतिदिन आता था, मुझसे घण्टों बातचीत करता था, मगर इस विषय में उसने एक बार भी कहने की आवश्यकता नहीं समझी। यहाँ तक कि उसके अभिमानी होने के बारे में मेरी राय बदल गई और मैंने निश्चय कर लिया कि अब की बार साधुराम का ध्यान मैं आप रखूँगा और जो जगह खाली होगी, वह उसे दूँगा।

सौभाग्य से मुझे अधिक प्रतीक्षा न करनी पड़ी। रिकॉर्ड ब्रांच का एक क्लर्क छह महीने की छुट्टी पर जा रहा था। उसका वेतन 50 रुपये था। दफ़्तर

के कई क्लर्कों ने अर्ज़ियाँ दीं और अपने-अपने अधिकार पर ज़ोर दिया। मगर साधुराम इस बार भी चुप रहा, जैसे उसे इस घटना का ज्ञान ही न हो। वह उसी तरह शान्त था, परन्तु मुझे शान्ति न थी। आग कहीं थी, आग की गरमी कहीं थी।

सन्ध्या का समय था, वह नियमानुसार मेरे घर आया। मैंने छूटते ही कहा—"साधुराम! तुमने कुछ सुना?"

साधुराम ने बैठते हुए पूछा—"क्या?"

"गुलाम नबी छह महीने की छुट्टी पर जा रहा है।"

साधुराम का मुखमण्डल तमतमा उठा, जैसे किसी ने उसे गाली दे दी हो। मगर वह सँभलकर बोला—"जी हाँ! मैंने सुना है। पर बात क्या है?"

"उसके लिए बहुत-से क्लर्कों ने प्रार्थना-पत्र भेजे हैं।"

"जी! मुझे मालूम है।"

"परन्तु तुमने कोई कोशिश नहीं की। यह तुम्हारा हक है। अरज़ी भेजो। और कल ही भेजो!"

साधुराम ने बेपरवाही से उत्तर दिया—"मुझे इसकी कोई आवश्यकता नहीं।"

मुझे आश्चर्य हुआ—"क्या कहते हो? तुम्हें कोई आवश्यकता नहीं?"

"रत्ती-भर भी नहीं।"

"तो उन्नति के सारे अवसर हाथ से खो दोगे?"

"यह आपका काम है। सरकार ने यह उत्तरदायित्वपूर्ण अधिकार आपको दिया है। अब यह निर्णय करना आपका काम है। और काम ही नहीं, कर्त्तव्य है कि वेतन-वृद्धि का जो अवसर आए, उससे वही आदमी लाभ उठाए, जो वास्तव में उसके योग्य हो। यदि आप अपने इस कर्त्तव्य का ध्यान नहीं रखते, तो परमात्मा के दरबार में अपराधी आप होंगे। मुझे प्रार्थना-पत्र भेजने की आवश्यकता नहीं। मेरा काम करना है, आपका काम काम देखना है। मैं अपना काम करता हूँ, आप अपना काम करें।"

मैं साधुराम को नेक, परिश्रमी और आत्माभिमानी समझता था, मगर वह ऐसा निर्भय और खरी-खरी मुँह पर सुनाने वाला भी होगा, यह मुझे स्वप्न में भी आशा न थी। उसकी इन बातों ने उसका सम्मान मेरी आँखों में और भी ऊँचा कर दिया। मैं लज्जित होकर बोला—"साधुराम! तुमने मेरी आँखें खोल

दी हैं। अब भूल न होगी—यह जगह तुम्हीं को मिलेगी। और तुम्हें अरज़ी देने की भी ज़रूरत नहीं।''

साधुराम बोला—''इसका कारण यह तो नहीं कि मेरा आपके यहाँ आना-जाना है? यदि यह जगह मुझे इस वजह से मिलती है, तो मैं इसे कभी स्वीकार न करूँगा। हाँ! अगर सचमुच आप यह समझते हैं कि मेरा काम अच्छा है और मैं इस वृद्धि के योग्य हूँ, तो दूसरी बात है।''

क्या शब्द थे! मेरे दिल में तीर-से चुभ गए। मैं सिर झुकाकर बोला—''मेरा सचमुच यही विचार है कि इससे पहले तुम्हारे साथ अन्याय होता रहा है। अब यह चांस हाथ आया है, यह तुम्हीं को मिलेगा।''

साधुराम ने नम्रता से—उस नम्रता से जिसमें आत्मगौरव का भाव झलकता था—कहा, ''थैंक यू!'' और सिर झुका लिया।

अंग्रेज़ी सभ्यता के ये दिखावे के शब्द मैंने कई बार सुने थे और हर बार यही अनुभव किया था कि ये निरर्थक हैं—सर्वथा व्यर्थ और निष्फल। परन्तु आज वही शब्द साधुराम के मुँह से सुनकर मुझे ऐसा मालूम हुआ, जैसे मुझे कुबेर का धन मिल गया हो।

दूसरे दिन गुलाम नबी की जगह साधुराम को मिल गई। दफ़्तर में हलचल-सी मच गई। सारे क्लर्क साधुराम के दुश्मन हो गए। शायद उनका यह ख़याल था कि साधुराम काम करने के लिए है और वे वेतन-वृद्धि लेने के लिए। मगर मेरे इस निर्णय ने उनका भ्रम दूर कर दिया।

अब वह साधुराम को सताने लगे, जलाने लगे, चिढ़ाने लगे। कोई कहता था—''इससे ज़रा सोच-समझकर बात करना, सुपरिण्टेण्डेण्ट की मूँछ का बाल है।'' कोई कहता था—''वेतन-वृद्धि का मूलमन्त्र चापलूसी है, यह बात साधुराम ने सीख ली है।'' कोई कहता था—''हाकिम के बच्चों को मिठाई खिलाई जाए, तो हाकिम दयालु हो जाता है।'' कोई कहता था—''हम तो इसे बड़ा धर्मात्मा समझते थे, मगर यह पता न था कि इस किरण के पीछे ऐसा अन्धकार भी हो सकता है—मनुष्य की प्रकृति को समझना आसान नहीं, यह बात साधुराम ने सिखा दी।''

मगर साधुराम पर इस तूफ़ान का ज़रा भी असर न हुआ। वह जिस तरह पहले प्रफुल्लवदन, शान्त स्वभाव, प्रसन्नचित रहता था, उसी तरह अब भी रहता। न उसे पद-वृद्धि ने अभिमानी बनाया, न क्लर्कों के विरोध ने दुःखी

किया। मेरी आँखों में उसकी प्रतिष्ठा और भी बढ़ गई। ख़याल आया—कैसा पवित्र जीवन है, जो सदा एकरस चला जाता है। शत्रुता का जिस पर कोई प्रभाव नहीं, पक्षपात से रहित, सब अवस्थाओं में प्रफुल्लवदन। जिसके मस्तक पर कभी बल नहीं आता और जो आत्मसंयम में ऐसा अचल और अटल है—जैसे समुद्र में चट्टान।

मगर यह वृद्धि साधुराम को रास न आई। उसकी स्त्री बीमार रहने लगी। साधुराम में जहाँ और गुण थे, वहाँ उसमें यह गुण भी था कि वह अपनी स्त्री पर जान देता था। वह सब-कुछ सह सकता था, परन्तु स्त्री की आँख में आँसू देखकर उसके दिल में हलचल मच जाती थी—वह अधीर हो जाता था। कई मास तक चिकित्सा होती रही, मगर रोग दूर न हुआ। साधुराम घबरा गया। तूफ़ान में नौका डोलने लगी।

अब उसके चेहरे पर वह कान्ति न थी, आँखों में वह तेज न था। फूल रह गया था, मगर उसका रूप-लावण्य कहाँ उड़ गया, यह किसी को भी मालूम न हो सका। मैं उसे देखता, तो व्याकुल हो जाता। साधुराम अब वह पहला साधुराम न था। वह दफ़्तर में अब भी आता था, काम अब भी करता था, मगर वह पहली बात न थी। जिस सन्तोष की मूर्ति ने वेतन-वृद्धि के अवसर हाथ से जाते देखकर मुँह न खोला था, जिस सूरमा ने दफ़्तर के क्लर्कों की अनुचित नोक-झोंक पर अपनी आन न छोड़ी थी, वही साधुराम अब हर रोज़ मेरे पास आकर छुट्टी के लिए मिन्नतें करता था। और मैं—हाँ, मैं—उसके इस परिवर्तन पर प्रसन्न था, क्योंकि मैं उसे देवता नहीं, आदमी देखना चाहता था। और आदमी का गुण है कि बड़े-से-बड़ा धैर्यधारी दिल भी एक सीमा पर पहुँचकर विचलित हो उठता है। देवता में गुण ही गुण होते हैं, आदमी में कमज़ोरियाँ भी होती हैं। आदमी को आदमी की कमज़ोरियाँ भी भली लगती हैं।

इसी तरह कई महीने बीत गए। साधुराम अपनी स्त्री की सेवा-सुश्रूषा में तन्मय था। उसका मुँह कुम्हला गया था, हँसी-खुशी मर चुकी थी, फिर भी सेवा-सुश्रूषा में लगा हुआ था। दिन-भर-दफ़्तर में काम करता, रात को स्त्री के सिरहाने बैठता। स्वास्थ्य बिगड़ने लगा। मगर उसका इधर ध्यान न

था। वह अपने प्राणों की पूरी शक्ति से अपनी स्त्री का इलाज करा रहा था।

मैं उसे प्रायः छुट्टी दे दिया करता था। उस समय उसकी आँखों में कृतज्ञता और बेबसी के भाव कैसे हृदयभेदी होते थे!

दोपहर का समय था, मैं अपने कमरे में बैठा दफ़्तर के बिल देख रहा था। इतने में चपरासी ने आकर कहा—"हुजूर! लाला सौदागरमल आए हैं।"

लाला सौदागरमल के यहाँ से हम कागज़ खरीदा करते थे। इस समय उनका आना मुझे नागवार गुज़रा। मगर फिर भी मैंने चपरासी से कहा—"बुला लो।"

लाला सौदागरमल अन्दर आए और आते ही बोले—"माफ़ कीजिएगा। मैं एक शिकायत लेकर आया हूँ।"

कागज़ की खरीद साधुराम के हाथ में थी। मैंने हिचकिचाते हुए जवाब दिया—"कहिए! क्या शिकायत है?"

सौदागरमल कुछ क्षण चुप रहकर बोले—"मैं बाहर गया हुआ था। मेरी गैर हाज़िरी में आपके क्लर्क साधुराम ने मेरे आदमी से मिलकर झूठा बिल बनवा लिया है, और इस तरह से चार सौ रुपया उड़ा लिया है।"

मैं कुर्सी से उछलकर बोला—"मुझे विश्वास नहीं होता। आपको धोखा हुआ है।"

"बुलवाकर पूछ लीजिए। अभी सब बातें खुल जाएँगी।"

"परन्तु पूछूँ क्या? वह आदमी नहीं, देवता है। सारा दफ़्तर उसकी सौगन्ध खाता है। वह मरता मर जाएगा, पर ऐसा काम नहीं करेगा। मैं उसे मुद्दत से जानता हूँ।"

"फिर भी ज़रा बुलवा तो लीजिए।"

मैंने साधुराम को बुलाया और उसे सिर से पाँव तक देखते हुए पूछा—"मेरे पास कागज़ के सम्बन्ध में कुछ शिकायत पहुँची है। क्या वह सच है?"

साधुराम के मुँह का रंग लाश के समान सफ़ेद हो गया। उसने मेरी तरफ़ इस तरह देखा, मानो मैं उसका वध करने लगा था। साथ ही लाला सौदागरमल की ओर देखा। इस दृष्टि में आँसू थे और आँसुओं की ओट में बेबसी थी। मैंने अधीर होकर पूछा—"चुप क्यों हो? बोलो! क्या यह सच है?"

साधुराम ने कुछ क्षण तक सोचा और फिर साहस से उत्तर दिया—"हाँ! सच है।"

"तुमने कितना रुपया पाया है?"

"चार सौ।"

"और इनके नौकर ने?"

"उसने भी चार सौ।"

मैंने उसकी आँखों में अपनी आँखें डालकर कहा—"तुम जानते हो, तुम क्या कह रहे हो? तुम कह रहे हो, तुमने चोरी की है!"

"जी हाँ। मैंने चोरी की है। मैं नहीं कैसे कह सकता हूँ? भूल हो गई। अब आपकी दया पर हूँ। चाहे बचा लें, चाहे नष्ट कर दें।"

साधुराम ने इस समय तक जो न किया था, वह आज किया। उसके चेहरे से आत्मसम्मान का भाव इस तरह लुप्त हो गया था, जैसे सफ़ेदी को स्याही भगा देती है। यह देखकर मेरे हृदय पर गहरी चोट लगी। यही अपराध अगर दफ़्तर के किसी दूसरे आदमी से होता तो मैं उस पर इतना ध्यान न देता और डिपार्टमेंटल कार्रवाई करके इस मामले को यहीं दबा देता। मगर इस पाप में साधुराम का हाथ देखकर मुझे ज़हर चढ़ गया। मैं उसे कितना नेक समझता था! उस पर कितना विश्वास करता था! मुझे कभी उस पर सन्देह तक नहीं हुआ था। मगर आज उसने अपनी साख गंवा दी। आज उसने अपनी आन मिटा दी। आज उसने अपना गौरव अपने हाथों से बर्बाद कर दिया। मुझे अफ़सोस हुआ। मैंने ठंडी साँस भरी और कहा—"साधुराम! मुझे तुमसे यह आशा न थी। तुमने मेरा मन तोड़ दिया है। मुझे तुम पर श्रद्धा थी। तुमने मुझसे मेरी वह श्रद्धा छीन ली है।"

पापी का सिर ऊँचा नहीं उठता। साधुराम ने भूमि की ओर देखते हुए जवाब दिया—"साहब! अब तो हो गया! इस बार माफ़ कर दीजिए, फिर कभी कोई अपराध न होगा। सच कहता हूँ, यह मेरा पहला पाप है। और सच कहता हूँ, अगर आप मुझे क्षमा कर दें, तो यही मेरा अन्तिम पाप हो जाएगा।"

मैं क्रोध से पागल हो रहा था। झल्लाकर बोला, "मैं माफ़ नहीं करूँगा। मैं तुम दोनों को पुलिस के हवाले कर दूँगा।"

साधुराम के पाँव-तले से पृथ्वी खिसकती हुई मालूम हुई। सारा शरीर काँपने लगा। किसी दूसरे समय यह दृश्य मेरे क्रोध पर जल का काम कर जाता, मगर इस समय वही दृश्य तेल बन गया। मैंने कड़ककर कहा—"मैं क्षमा नहीं करूँगा। अब तुम्हारी जगह यह दफ़्तर नहीं जेलखाना है।"

सौदागरमल उठकर चले गए, मेरे क्रोध की मात्रा और भी बढ़ गई। मैंने

फ़ोन का चोगा हाथ में लिया और पुलिस लाइन का नम्बर माँगा। साधुराम की आँखों में आँसू आ गए। रोते-रोते बोला—"जनाब! मेरी स्त्री बीमार थी...मेरे पास पैसा न था...मुझे किसी ने उधार न दिया।"

इससे आगे उसका गला रुँध गया। वह एक शब्द भी न बोल सका। मेरे सामने से परदा उठ गया। वह विशुद्ध आत्मा, जो सारे दफ़्तर में सज्जनता की मूर्ति समझा जाता था, जिसका आत्म-सम्मान लोगों के लिए आदर्श था, जिसकी नेकनीयती पर शंका करना पाप था, जो सदा अपना सिर ऊँचा उठाकर चलता था, वही देवता इस समय अपराधी के समान मेरे सामने खड़ा था। परन्तु यह पाप-यह अपराध उसने लोभवश नहीं किया, धन की लालसा से नहीं किया। उसे प्यारी स्त्री के इलाज के लिए रुपये की ज़रूरत थी और रुपया उसके पास न था। वह इस कठिन परीक्षा में फ़ेल हो गया। तो क्या वह अपराधी था?

एकाएक मुझे याद आया कि ऐसा समय मुझ पर भी आ चुका है। कई वर्ष हुए, मेरी स्त्री भी बीमार थी। उन दिनों मेरा मासिक वेतन भी बहुत थोड़ा था। दाल-रोटी का खर्च भी मुश्किल से चलता था। इस पर घर में बीमारी। हाथ में पैसा तक न रहा। मित्रों से सहायता माँगी, मगर किसी ने परवाह न की। निराशा ने अंधेरा फैला दिया। इसी अंधेरे में पाँव धैर्य की शिला से फिसलते हैं और सन्मार्ग आँखों से ओझल होता है। इसी प्रलय की रात में आदमी आयु-भर की कमाई लुटा बैठता है और मोह-रूपी डाकू उसे पाप के रास्ते पर डाल देता है। ज़्यादा तेज़ दौड़ने वाला आदमी भी कभी-कभी मुँह के बल गिर जाता है। उस समय मैंने मोह का सामना किया, पर कुछ बन न सका। धर्म की बाज़ी हार गया और चोरी कर बैठा। विचार आया, साधुराम के जीवन में भी वही प्रलय की रात आई थी। अन्तर केवल इतना है कि इसका दोष प्रकट हो गया, मेरा अपराध अभी तक छिपा हुआ है। क्या इसी से मुझे यह अधिकार हो गया है कि मैं इसका जीवन नष्ट कर दूँ?

मैंने फ़ोन हाथ से रख दिया। याद ने फिर अतीत काल के दफ़्तर खोल दिए। उस समय मैं कितना सहमा हुआ था! दिन-रात यही सोचता रहता था कि अगर मेरी करतूत खुल गई तो क्या बनेगा? लोग हैरान रह जाएँगे! कहेंगे, हम तो इसे महात्मा समझे हुए थे। मगर यह हज़रत निकला क्या! शक्ल देवताओं की है, काम शैतानों का है। वही अवस्था साधुराम के रूप में आज फिर मेरे सामने थी।

मैंने सोचा, 'अगर इसे पुलिस के हवाले कर दिया, तो इसकी बीमार स्त्री का क्या हाल होगा?' मेरी आँखों में आँसू छलकने लगे। साधुराम के लिए हृदय में सोया हुआ प्रेम फिर जाग उठा। मैंने लम्बी साँस लेकर सिर उठाया और कहा—"साधुराम! मैं तुम्हें माफ़ करता हूँ। मगर यह रुपया तुम्हें लौटाना होगा।"

डूबते हुए को किनारा मिल गया। साधुराम का चेहरा चमकने लगा। वह घुटनों के बल बैठ गया और मेरी तरफ़ जल-भरी आँखों से देखकर बोला—"यह उपकार आयु-भर न भूलूँगा। आपने मुझे बचा लिया।"

~

इस घटना को कई वर्ष हो चुके हैं। साधुराम अब भी मेरे ही दफ़्तर में काम करता है। वह आजकल 150 रुपये पाता है और बड़े मज़े में है। उसने अपनी सच्चरित्रता से अपने पाप के कलंक को धो दिया है। उसने चोरी का रुपया लौटा दिया है। दफ़्तर के आदमियों की उस पर अब भी श्रद्धा है। और इतना ही क्यों, उसकी सज्जनता की धाक सारे शहर में बैठी हुई है। वह प्राय: मेरे मकान पर आता-जाता रहता है। उसे देखकर मेरा हृदय फूल की तरह खिल जाता है और मेरे बच्चे तो उसे अपना गुरु समझते हैं। मैं सोचता हूँ, उस समय अगर मैं उसे माफ़ न कर देता, तो आज वह क्या होता? चोर? या डाकू? या हत्यारा? आज वह समाज का एक अच्छा पुरज़ा है। उस समय वह समाज का गला-सड़ा फोड़ा होता।

मुझे अपने फ़ैसले पर खुशी होती है। मगर मैं इस खुशी का ज़िक्र साधुराम से कभी नहीं करता।

[प्रथम प्रकाशन : सन् 1924]

संसार की सबसे बड़ी कहानी

पृथ्वी के प्रारम्भ में जब परमात्मा ने हमारी नयनाभिराम सृष्टि रची तो आदमी को चार हाथ दिए, चार पाँव दिए, दो सिर दिए, एक दिल दिया। और परमात्मा ने आदमी से कहा—"तू कभी दु:खी न होगा। तेरा संसार तेरा स्वर्ग है।"

उस समय आदमी स्वस्थ, सूरमा, सज्जन, प्रसन्नहृदय और प्रफुल्लवदन था। प्रकृति की समझ में न आने वाली शक्तियाँ उसके सामने पानी भरती थीं और दु:ख और दर्द पर, कलह और कष्ट पर संसार के सारे द्वार बन्द थे। ये बीमारियाँ संसार का द्वार खटखटाती थीं और निराश होकर लौट जाती थीं।

परन्तु शैतान को यह स्वर्गीय दृश्य पसन्द न आया।

उसने अपने छल-कपट के और धोखाधड़ी के विनाशकारी शस्त्र लेकर आदमी पर बार-बार आक्रमण किए, परन्तु चार हाथों वाले, चार पाँवों वाले, दो सिरों वाले, एक दिल वाले आदमी के सामने उसकी कोई पेश न चली। और सुधा और संगीत का सुन्दर संसार पाप की काली छाया से सुरक्षित रहा।

परमात्मा अपने जीव की इस वीरता पर प्रसन्न था और आदमी का संसार स्वर्ग बना रहा।

आदमी ने यह देखा और खुश हुआ।

~

बहुत समय के बाद शैतान को दुनिया का फिर ध्यान आया और उसने दुनिया पर फिर हमला करने का इरादा किया।

रात का समय था। आदमी शान्ति की नींद में स्वर्ग के सपने देख रहा था। शैतान अपने झिल्लीदार पंजे धीरे-धीरे धरती पर रखता हुआ आदमी के

पास आया और रात के अंधेरे में अपनी जादू की तलवार से उसके दो टुकड़े करके भाग गया।

परन्तु आदमी को आधी रात के शैतानी कृत्य का पता न लगा। वह सो रहा था। वह उसी तरह सोया रहा।

प्रातःकाल शैतान ने दिन के प्रकाश में आदमी पर हमला किया तो दो हाथों वाले, दो पाँवों वाले, एक सिर वाले, आधे दिल वाले आदमी ने शैतान का देह और आत्मा की सम्पूर्ण शक्तियों से मुकाबला किया। परन्तु उसमें साहस और उत्साह न था। और शैतान के वार भारी थे। आदमी के किए कुछ बनता न था।

शैतान जीत गया। आदमी हार गया। आकाश पर काले बादल छा गए। शान्त और संतोष-भरे संसार में ईर्ष्या-द्वेष और दुःख-दरिद्रता की भयानक बीमारियों ने प्रवेश किया।

~

अब आदमी वह पहला-सा सूरमा, सज्जन, स्वस्थ आदमी न था। उसके अधरों पर मुस्कान के स्थान पर ठंडी आहें थीं और जीवन का प्रकाशमय मार्ग उसकी आँखों से ओझल हो गया था।

और उसके दिल में खुशी न थी।

और दो हाथों वाला, दो पाँवों वाला, एक सिर वाला, आधे दिल वाला आदमी भगवान के सामने भूमि पर गिर पड़ा और अपने बीते हुए सुनहरे समय की वापसी के लिए रो-रोकर प्रार्थना करने लगा।

परमात्मा ने अपने भक्त का आर्त्तनाद सुना और कहा—"उठ! निराशा छोड़, अपने बिछड़े हुए दोनों भाग मिला और फिर तुझे कोई भी दुःख न दे सकेगा और तेरा संसार फिर से स्वर्ग बन जाएगा।"

प्रेम और पवित्रता की, जीवन और ज्योति की, संगीत और सौन्दर्य की यह अमर वाणी आज भी वायुमण्डल में उसी तरह गूँज रही है। मगर दुनिया का अनजान बेटा उसकी ओर ध्यान नहीं देता, न उसका संसार स्वर्ग बनता है।

शैतान यह देखता है और हँसता है।

आदमी यह देखता है और रोता है।

[प्रथम प्रकाशन : सन् 1924]

पुरानी दिल्ली का अंतिम दीपक

जिन्होंने सन् 1880 में दिल्ली का चाँदनी चौक देखा है, उन्होंने सुभागी का भाड़ अवश्य देखा होगा। आज वह भाड़ दिखाई नहीं देता, न सायंकाल उसका धुआँ, आकाश की ओर जाता नज़र आता है। वह पूरबी स्त्रियों का समूह, वह गरीबों का जमाव, वह बच्चों का कोलाहल, जिस पर रसीले गीतों की मोहिनी निछावर की जा सकती है, यह सब अतीत काल की भूली हुई कहानी रह गई है। उसके स्थान पर अब एक शानदार दुकान खड़ी है, जहाँ अमीरों की गाड़ियाँ आकर रुकती हैं। कभी वहाँ सुभागी का भाड़ जलता था और गरीब लोग आकर अनाज भुनाते थे। सुभागी कुरूप स्त्री थी, आयु भी चालीस वर्ष से कम न होगी। उसकी आवाज़ डरावनी थी। रात को एकान्त में दिखाई पड़ जाने से चुड़ैल का सन्देह होना स्वाभाविक था। मगर इस पर भी वह चाँदनी चौक में ऐसे आनन्द और सन्तोष का जीवन बिता रही थी जो राजमहलों में रानियों को भी प्राप्त न होगा। वह गरीब थी, उसके पास रुपया-पैसा न था, न बहुमूल्य वस्त्र थे। भाड़ झोंकने से केवल उतनी ही प्राप्ति होती थी, जितनी से शरीर और आत्मा का सम्बन्ध स्थिर रह सकता था। परन्तु उसके पास एक वस्तु ऐसी थी, जो न राजमहलों में थी, न कुबेर के कोष में। उसके पास दिल का सन्तोष और शान्ति की नींद थी, जिसे न चोर चुरा सकता था, न राजा छीन सकता था। वह उन्नीसवीं सदी में रहते हुए भी चौदहवीं सदी का जीवन बिता रही थी। जैसे किसी के चारों तरफ़ आग काले नाग के समान अपना भयानक मुँह खोले लपक रही हो, मगर वह हरे वृक्षों से ढकी हुई नदी के किनारे बैठा उसकी लहरों से खेल रहा हो और उसे इस बात की कोई चिन्ता, कोई शंका न हो कि मेरे चारों तरफ़

आग भभक रही है। वह समझता है, यहाँ पानी है, इस पर आग का असर न होगा। इधर आएगी तो आप ही बुझेगी, मेरा क्या बिगाड़ लेगी। यही दशा सुभागी की थी। उसने अपने जीवन के चालीस वर्ष इसी झोंपड़े में काटे थे। इसे देखकर उसका मन-मयूर नाचने लग जाता था। दिल्ली बदल गई, चाँदनी चौक बदल गया, मकान बदल गए। यहाँ तक कि दिल्ली की प्राचीन सभ्यता भी बदल गई, परन्तु सुभागी और उसके भाड़ में कोई परिवर्तन न हुआ। यदि प्रकृति के नियम बदल जाते और धरती की कच्ची मिट्टी को निगले हुए मुर्दे उगलने की आज्ञा मिल जाती, तो वह पहचान न सकते कि यह वही दिल्ली है। परन्तु सुभागी के भाड़ को देखकर वह अपनी समस्त शक्तियों से चिल्ला उठते कि "यह वही दिल्ली है!" सच पूछो तो यह सुभागी का भाड़ नहीं था, नवीन दिल्ली के शरीर में प्राचीन दिल्ली की आत्मा विराजमान थी। यह झोंपड़ा नहीं था, दिल्ली के अंधेरे प्रकाश में पुराने भारतवर्ष का दीपक जल रहा था। आज वह सादगी की जान, सन्तोष का नमूना, पुराने समय की अन्तिम यादगार कहाँ है? वे आत्मसम्मान के भाव किधर चले गए? किस देश को? दिल्ली के बाज़ार इसका उत्तर नहीं देते। पहले मन्दिर गया था, अब दीपक भी दिखाई नहीं देता।

सुभागी का झोंपड़ा गगनभेदी अट्टालिकाओं के बीच इस तरह खड़ा था, जैसे अहंकार और अभिमान के बीच सच्चा आनन्द खड़ा मुस्करा रहा हो। सुभागी को किसी से डाह न थी, न ऊँचे मकान देख उसका जी जलता। उसके लिए झोंपड़ा और वह भाड़ ही सब-कुछ था। तीस वर्ष गुज़रे, जब उसका भड़भूंजा उसे ब्याह कर लाया था, तब से वह यहीं थी। मरते समय उसके पति ने कहा था, "मैं तुझे लेने आऊँगा।" बात साधारण थी, परन्तु सुभागी के दिल में बैठ गई। आजकल की स्त्रियाँ शायद इस बात को निष्फल और निर्मूल कहकर भुला देतीं। मगर सुभागी पुराने समय की नीच (?) स्त्री थी। वह अपने प्रीतम की प्रतिज्ञा को कैसे भूल जाती! यह उसके पति का वचन था। सोचती थी, 'कौन जाने, किस समय आ जाए। उसकी आत्मा इस झोंपड़े को, इस भाड़ को ढूँढ़ेगी, मेरा नाम ले-लेकर बुलाएगी। पुराने ज़माने का भड़भूंजा नई दिल्ली में घबरा जाएगा। समझेगा, "सुभागी ने प्रीति की रीति नहीं निबाही, प्रेम का दीया वायु के झोंकों ने बुझा दिया।" ' और यह वह विचार, वह भाव था, जिसके लिए सुभागी ने स्त्री होकर भी संसार के दुःखों

का मर्दों के समान सामना किया। शरीर भद्दा था, परन्तु दिल कैसा सुन्दर, कैसा मनोहर था! लोहे की खान में सोने का डला छिपा था।

इसी प्रकार कई वर्ष बीत गए और बदल जाने वाली दुनिया में न बदलने वाली सुभागी उसी तरह अपने परदेसी पिया का रास्ता देखती रही। मगर उसे उसकी सुध न आई। यहाँ तक कि चाँदनी चौक के अमीर व्यापारियों की लोभी आँखें सुभागी के भाड़ की तरफ़ उठने लगीं। ऐसी चाह से कोई रसिया अपनी हृदयेश्वरी की तरफ़ भी न देखता होगा। सोचते थे, 'कैसा अच्छा मौका है, यहाँ दुकान बने तो बाज़ार की शोभा बढ़ जाए।' कई व्यापारियों ने यत्न किया, थैलियाँ लेकर सुभागी के पास पहुँचे, मगर सुभागी ने बेपरवाही से उनकी तरफ़ देखा और कहा—

"यह ज़मीन न बेचूँगी। यहाँ मेरा स्वामी बिठा गया है। मुझे लेने आएगा तो कहाँ ढूँढ़ेगा? यह झोंपड़ा नहीं, तीर्थराज है। इसे बेच दूँ तो मेरा भला किस जुग में होगा?"

एक व्यापारी ने कहा—"सुभागी! अब वह कभी न लौटेगा। तू यह आशा छोड़ दे।"

सुभागी ने उत्तर दिया—"परन्तु उसका वचन कैसे झूठा हो जाएगा? उसके शब्द आज तक मेरे कानों में गूँज रहे हैं।"

एक और अदूरदर्शी ने कहा—"इस बुढ़ापे में इतना परिश्रम क्यों करती है? झोंपड़ा बेच दे और भगवान का भजन कर।"

सुभागी बोली—"झोंपड़ा गया तो भजन की सुध भी जाती रहेगी। जिसने पिया को भुला दिया, वह भगवान को खाक याद करेगी!"

एक मुँहफट ने कहा—"तू सठिया गई है। रुपये ले और चैन की वंशी बजा। अब सारी आयु छाती फाड़कर काम करने का क्या तूने ठेका ले लिया है?"

सुभागी ने उत्तर दिया—"यह तो जन्म-भर का काम है, मरने पर ही छूटेगा। चार दिन के सुख के लिए अपना घर कैसे बेच दूँ?"

"मगर इसमें है क्या?"

"मरने वाले की समाधि है। समाधि को किसी ने बेचा है?"

"तू तो बावली हो गई है।"

"भगवान इसी तरह उठा ले, यही प्रार्थना है। तुम अपनी रकम अपने

पास ही रहने दो। मेरे लिए यह झोंपड़ा ही सब-कुछ है।''

''हम तुम्हें और मकान दे देंगे।''

''परायी वस्तु अपनी कैसे बन जाएगी?''

''उसमें सब तरह का आराम रहेगा। यह झोंपड़ा तो किसी काम-काज का नहीं है।''

''अपना बच्चा बदसूरत हो तो भी प्यारा लगता है।''

इसी प्रकार प्रलोभनों ने बीसियों आक्रमण किए, मगर सन्तोष के सामने सब व्यर्थ गए, जिस तरह पानी की लहरें चट्टान से टकराकर पीछे हट जाती हैं।

~

सुभागी के त्रिया-हठ ने सबका उत्साह भंग कर दिया। उन्होंने समझ लिया कि बुड्ढी भाड़ न बेचेगी। मगर सेठ जानकीदास ने हिम्मत न हारी। उनकी दो दुकानें थीं और यह भाड़ उन दोनों के बीच में था। आस-पास फ़ानूस जलते थे, मध्य में दीया टिमटिमाता था। यह दीया सुभागी के लिए जीवन-ज्योति से कम न था। उसे देखकर उसका हृदय ब्रह्मानन्द में लीन हो जाता था। मगर जानकीदास उसे देखते तो उनकी आँखों में लहू उतर आता था। सोचते, 'यह जगह मिल जाए तो दुकानों का कलंक मिट जाए। हज़ारों जवान मरते हैं, पर इस बुढ़िया को मौत नहीं आती।' मगर बुढ़िया से मिलते तो बहुत सत्कार का भाव दिखाते। तलवार पर मखमल का गिलाफ़ चढ़ा हुआ था।

एक दिन की बात है, सुभागी वृक्षों के रूखे-सूखे पत्ते और टूटी-फूटी टहनियाँ चुनने गई। दोपहर का समय था, सूरज की किरणें चारों तरफ़ नाच रही थीं। सुभागी बेपरवाही से पत्ते और लकड़ियाँ बीन रही थी। एकाएक आकाश में काली घटा छा गई और ठण्डी-ठण्डी वायु चलने लगी। सुभागी ने एकत्र किए हुए पत्ते आदि कपड़े में बाँधे और नगर की ओर चली। परन्तु तीन मील की दूरी कोई साधारण दूरी न थी। इस पर सुभागी की बूढ़ी टाँगें! वर्षा ने बुढ़िया को घेर लिया। बादल बरसने लगे। मगर ये बादल न थे, सुभागी का दुर्भाग्य था। एक वृक्ष के नीचे खड़ी हो गई और सोचने लगी, 'सायंकाल को क्या करूँगी? ये पत्ते भी भीग गए तो भाड़ कैसे गर्म होगा? और भाड़ गर्म न हुआ तो खाऊँगी क्या? हाथ उठा-उठाकर प्रार्थना की कि तनिक वर्षा रुक

जाए तो घर पहुँच जाऊँ। परन्तु बादलों ने सुभागी की न सुनी; वे आकाश के वासी थे, पृथ्वी के बेटों की उन्हें क्या चिन्ता थी! जल-थल एक हो गया। उस दिन की वर्षा, वर्षा न थी, भगवान् का कोप था। आठ घण्टे वह वर्षा हुई कि चारों तरफ़ कोलाहल मच गया। यमुना में बाढ़ आ गई। सहस्त्रों गरीबों के मकान गिर गए। गाय-बैल इस तरह बहे जाते थे, मानो घास-फूस के तिनके हैं। उनको बचाने वाला कोई न था। और यह पानी बाहर ही न था, दिल्ली के गली-कूचों में भी फुंकारें मारता फिरता था। जिनके मकान पक्के थे वे बेपरवाह थे, जिनके कच्चे थे उनका धीरज छूटा जाता था। और पानी कहता था, आज बरसकर फिर न बरसूँगा।

सुभागी एक पेड़ पर बैठी इधर-उधर देखती थी और निराशा की ठण्डी साँसें भरती थी। उसके आस-पास पानी-ही-पानी था। दूर तक कोई आदमी दिखाई न देता था। उसके एकत्र किए हुए पत्ते किसी अभागे के स्वप्न के समान जल में विसर्जित होकर पता नहीं कहाँ चले गए थे। परन्तु सुभागी को इसकी चिन्ता न थी। उसके दिल में एक ही चिन्ता थी, एक ही इच्छा—किसी तरह अपने घर पहुँच जाए। पता नहीं भाड़ का क्या हाल होगा? पानी तले डूब गया होगा। मिट्टी का ढेर रह गया होगा। यदि उसके वश में होता तो उसी समय वहाँ पहुँच जाती। पर पानी रास्ता रोके खड़ा था, सुभागी तड़पकर रह गई। उस समय उसने एक कबूतरी देखी, जो एक पेड़ की डाल पर बैठी थी। सुभागी ने सोचा—अगर मैं कबूतरी होती, तो उड़कर चली जाती, पानी मेरा क्या बिगाड़ लेता? इतने में कबूतरी ने पर खोले और उड़कर दृष्टि से ओझल हो गई। यह देखकर सुभागी ने सोचा—राम जाने यह कबूतरी कहाँ गई है? शायद मेरे झोंपड़े की ही तरफ़ गई हो। उसने चाहा कि वह भी दौड़कर वहाँ चली जाए। परन्तु झुककर देखा तो आधा पेड़ अभी तक पानी के अन्दर था और मार्ग दिखाई न देता था। सुभागी की आँखों से आँसुओं की दो गर्म बूँदें गिरीं, और वर्षा के ठण्डे पानी में गुम हो गईं।

दूसरे दिन प्रातःकाल सुभागी पेड़ से उतरी और शहर को चली। पानी बरसना बन्द हो चुका था, पर आसमान में बादल अभी बाकी थे। सुभागी का शरीर सर्दी से अकड़ गया था, आँखों से आग भी निकल रही थी, पाँवों में शक्ति न थी। परन्तु वह फिर भी चल रही थी, जैसे सन्ध्या समय गऊ अपने भूखे बछड़े की तरफ़ भागती है। वहाँ पुत्र-स्नेह का आकर्षण होता है, यहाँ

घर का मोह था। मिट्टी में भी मोहिनी है। मगर इसे देखने के लिए दिल की आँख की आवश्यकता है। खाली आँख से वह दिखाई नहीं देती।

सुभागी चाँदनी चौक में पहुँची तो उसका दिल बैठ गया। अब न वह झोंपड़ा ही बाकी था, न भाड़। उनके स्थान में मिट्टी का एक ढेर और घास-फूस के तिनके पड़े थे और उनके नीचे उसका साधारण माल-असबाब दब गया था। सुभागी के दिल पर जैसे किसी ने आग के अंगारे रख दिए। मगर उसने धीरज नहीं छोड़ा। थोड़ी देर के बाद लोगों ने देखा, तो वह झोंपड़ा खड़ा कर रही थी। दूसरे दिन भाड़ भी तैयार हो गया। सुभागी फूली न समाती थी, उसके पाँव पृथ्वी पर न पड़ते थे। उसने अपना उजड़ा हुआ घर बसा लिया था, जहाँ उसका पति उसे ब्याह कर लाया था।

~

भाड़ बन गया, पर गर्म होना उसके प्रारब्ध में न लिखा था। सुभागी बीमार हो गई। उसे बुखार आने लगा। सेठ जानकीदास ने पूछा—"सुभागी! तुझे यह क्या हो गया?"

सुभागी—"सेठजी! वर्षा की सरदी खा गई हूँ।"

जानकीदास—"और फिर दूसरी रात भी तो तू आराम से न बैठी। झोंपड़ा तैयार न होता तो कौन-सी प्रलय आ जाती?"

सुभागी ने आश्चर्य की दृष्टि से सेठ साहब की ओर देखा और पीड़ा से बेहाल होकर कहा—"सिर छिपाने को भी तो स्थान न था। कहाँ ठोकरें खाती फिरती?"

जानकीदास—"तू मेरे यहाँ चली आती तो क्या हर्ज़ था। मैं तो तेरा पड़ोसी हूँ।"

सुभागी—"इसकी तो तुमसे आशा ही है।"

जानकीदास—"सुभागी! तू बनावट करती है। मेरी राय तो यह है कि मेरे यहाँ चली चल। वहाँ तेरी सेवा-सुश्रूषा होगी। बोल, क्या इरादा है?"

सुभागी के दिल में पहले तो ख़याल आया कि चली चलूँ, वृद्धावस्था में चार दिन आराम से कट जाएँगे। पर फिर झोंपड़े के मोह ने इरादा बदल दिया। साथ ही पति के अन्तिम शब्द भी याद आ गए। आह भरकर बोली—"सेठजी!

इस झोंपड़े से मैं न निकलूँगी।''

जानकीदास—''तो यह कहो न, मरने की ठानी है।''

सुभागी—''अगर मौत ही भाग में लिखी है तो उसे कौन टाल सकता है? परन्तु यह झोंपड़ा तो न छूटेगा।''

जानकीदास कुछ देर चुप रहे। इसके बाद एकाएक उनके दिल में कोई सुरुचिकर विचार उत्पन्न हुआ। जैसे निराशा के अंधेरे में आशा की किरण दिखाई दे जाती है। धीरे से बोले—''बहुत अच्छा! पर मुझे इतनी तो आज्ञा दो कि तुम्हारी दवा-दारू और खाने-पीने का प्रबन्ध करा दूँ। नहीं तो मुझे तुमसे सदा के लिए शिकायत रहेगी।''

सुभागी सीधी-सादी स्त्री थी। उसने नई सभ्यता के छल-कपट नहीं देखे थे। वह उस युग की स्त्री थी जब लोग झूठ बोलना पाप समझते थे। सेठ साहब की मीठी-मीठी बातों ने उसका दिल मोह लिया। उसने घास पर पड़े हुए सुन्दर फूल देखे, मगर उनके नीचे जो नाग छिपा था, उसकी तरफ़ उसका ध्यान न गया। उसने उपकार के भाव से थरथराती हुई आवाज़ में कहा—''भगवान् तुम्हारा भला करे। तुम आदमी नहीं देवता हो।''

सुभागी का इलाज होने लगा। ऐसी लगन से कि किसी दयालु अमीर ने अपने प्रिय सम्बन्धी का भी इलाज न किया होगा। रात में कई-कई बार उठकर आते और सिरहाने खड़े रहते। रुपया-पैसा तो पानी के समान बहा दिया। उन्हें उसकी परवाह न थी। उनका ख़याल था कि किसी तरह बुढ़िया बच जाए तो भाड़ की जगह आप-से-आप दे देगी और जो न देगी तो कहूँगा, मेरा रुपया चुका दे। गरीब भड़भूंजन है, इतना रुपया कहाँ से लाएगी?

छह महीने के बाद सुभागी चारपाई से उठी तो उसका बाल-बाल सेठ साहब का ऋणी था। उनका धन उसके झोंपड़े को न खरीद सकता था, सहानुभूति ने उसे भी खरीद लिया। अब सुभागी पहली सुभागी न थी, बेपरवाह, प्रसन्नवदन, शान्त-स्वभाव। अब उसकी जगह एक खरीदी हुई दासी रह गई थी, जिसके चेहरे पर कभी-कभी स्वाधीन सुभागी की स्वच्छ कान्ति दिखाई दे जाती थी। एक दिन वह था, जब सुभागी सेठ जानकीदास के आगे से ऐंठकर निकल जाती थी, परन्तु आज उनके सामने उसकी आँखें न उठती थीं। जिस काम को सख़्ती न कर सकती उसे नर्मी ने कर दिया। सुभागी सेठ साहब के पाँवों से लिपट गई और रोने लगी। परन्तु सेठ साहब ने उसे इस तरह उठा

लिया, जैसे वह उनकी माँ हो।

कुछ दिनों के बाद चाँदनी-चौक के व्यापारियों ने सुना कि सुभागी ने अपना झोंपड़ा सेठ साहब के हाथ बेच दिया है। यह खबर मामूली न थी, लोग चौंक पड़े। उनको इस पर विश्वास न होता था। सिर हिलाकर कहते—''यह भी सेठ साहब की चाल है, बुढ़िया जीते-जी झोंपड़ा न छोड़ेगी।'' कोई कहता—''सेवा की थी, मेवा पा लिया।'' कोई कहता—''यह अनहोनी बात है, किसी ने यों ही उड़ा दी है।'' लेकिन जब झोंपड़ा उखाड़कर फेंक दिया गया और खुदाई का काम आरम्भ हो गया, तब सबको विश्वास हो गया, सेठ साहब ने बाज़ी मार ली।

~

सुभागी सीधी-सादी ज़रूर थी, पर मूर्ख नहीं थी। सेठ साहब की बातचीत से उसे कुछ-कुछ सन्देह होने लगा। मगर कभी-कभी यह भी ख़याल आता कि कहीं मैं भूल तो नहीं कर रही हूँ। सुभागी असमंजस में पड़ गई। उसने आज तक किसी के सामने हाथ न पसारा था, न किसी के सामने आँखें झुकाई थीं। गरीब होकर भी वह अमीरों की-सी शान बनाए रहती थी। इस बीमारी ने उसका मान-धन लुटा दिया। उसका जीवन बच गया, पर जीवन-ज योति जाती रही। वह अपनी दृष्टि में आप गिर गई। अब चाँदनी चौक में उसके लिए आत्माभिमान की चाल चलना कठिन था। उसका हृदय कहता था, इस कलंक ने मुझे कहीं मुँह दिखाने के योग्य नहीं छोड़ा। कुछ दिन इसी तरह गुज़रे मगर हर रोज़ सन्ध्या के समय उसे ऐसा अनुभव होता, मानो दिल का अंधेरा, कन्धों का बोझा, जीवन का जंजाल बढ़ता चला जा रहा है, जैसे ऋणी का ऋण दिन-प्रतिदिन ज़्यादा होता जाता है। सोच-सोचकर उसने यही निश्चय किया कि सेठ साहब का ऋण सेवा-टहल करके चुका दूँ, नहीं तो चित्त को शान्ति न मिलेगी। यह सोचकर उसने एक दिन सेठ साहब से कहा—''सेठ साहब! तुमने बड़ी कृपा की है। मेरा रोम-रोम तुम्हें आशीर्वाद दे रहा है। मुझमें यह उपकार उतारने का साहस नहीं। एक गरीब मज़दूरनी क्या करेगी पर मुझे मालूम तो हो कि मेरी बीमारी पर कितना खर्च हुआ है। धीरे-धीरे उतार दूँगी।''

सेठ साहब का कलेजा धड़कने लगा। जिस समय की बाट जोहते थे वह आ गया। बही से हिसाब देखकर बोले—"साढ़े चार सौ।"

"साढ़े चार सौ?" सुभागी का चेहरा कानों तक लाल हो गया। उसे ऐसा मालूम हुआ, जैसे ज़मीन-आसमान घूम रहे हैं। कुछ देर चुपचाप खड़ी सोचती रही। इसके बाद आह भरकर बोली—"साढ़े चार सौ? इतनी रकम मेरी बीमारी पर उठ गई?"

जानकीदास ने सिर नीचे डाल लिया और कहा, "रोज़ डॉक्टर आता था।"

सुभागी हतबुद्धि-सी खड़ी रह गई। क्या कहे? क्या न कहे? कुछ निश्चय न हो सका। जैसे भूले हुए मुसाफ़िर को रात के अंधेरे में रास्ता नहीं मिलता तो हारकर बैठ जाता है, वैसे ही सुभागी ने कर्त्तव्यविमूढ़ होकर उत्तर दिया—"यह ऋण मुझसे तो न उतरेगा।"

जब हमें कोई सख्त बात कहनी होती है तब ज़बान के नर्म बन जाते हैं। सेठ साहब ने अत्यन्त कोमल स्वर में कहा—"झोंपड़ा बेच दो, ऋण उतर जाएगा।"

सेठ साहब जानते थे कि सुभागी के कौन बैठा है जो उसकी मौत के बाद झोंपड़े पर अधिकार जमाने आएगा। इस समय वह अधीर हो रहे थे, जैसे नादान लड़का बुड्ढे पिता की मौत से पहले ही उसकी सम्पत्ति का मालिक बनना चाहता है।

सुभागी की आँखें खुल गईं। जहाँ फूल थे, वहाँ नाग दिखाई दिया। अब कोई सन्देह न था। सुभागी की आँखों में शील था। यह पिशाचकाण्ड देखकर वह दूर हो गया। वह तेज़ होकर बोली—"ज़बान सँभालकर बोल। झोंपड़े की तरफ़ देखा भी तो आँखें निकाल लूँगी।"

सेठ साहब हँसे। इस हँसी में वे निर्दयता के भाव छिपे थे, जो कसाइयों के दिल में भी न होंगे। फिर ज़रा ठहरकर बोले—"तो सुभागी! मेरी रकम लौटा दो। मैं तुम्हारा झोंपड़ा नहीं माँगता।"

सुभागी ने अभिमान से सिर उठाया और एक-एक शब्द पर ज़ोर देकर बोली—"अगर सच्चे भड़भूंजे की बेटी होऊँगी, तो तुम्हारी कौड़ी-कौड़ी चुका दूँगी। पर यह झोपड़ा तुम्हारे हाथ कभी न बेचूँगी।"

जानकीदास—"बहुत अच्छी बात है। मैं भी देखता हूँ कि कौन तुम्हें थैलियाँ खोले देता है।"

सुभागी—"मेरा भगवान् मर नहीं गया है।"

जानकीदास—"अगर तुम्हारा झोंपड़ा बच जाए तो मुझे कम खुशी न होगी। मुझे तो अपनी रकम चाहिए।"

सुभागी—"मुझे पता न था कि तुम्हारे दिल में खोट भरा है।"

जानकीदास—"कलयुग का ज़माना है। अब नेकी करना भी खोट हो गया है।"

सुभागी—"पर तुमसे नेकी करने को कहा किसने था?"

जानकीदास—"भूल हो गई, क्षमा कर दो। फिर ऐसा न होगा।"

सुभागी—"मैं समझती थी, नेक आदमी है! पर आज आँखों से पर्दा हट गया।"

जानकीदास—"यही गनीमत है।"

सुभागी—"तुम्हें झोंपड़ा न मिलेगा। समझते होगे, दोनों दुकानें मिलाकर महल खड़ा कर लूँगा। इससे मुँह धो रखो।"

अब जानकीदास को भी क्रोध आ गया, तेज़ होकर बोले—"देखता हूँ, कौन माई का लाल मुझे रोकता है? एक महीने के अन्दर-अन्दर इस झोंपड़े का नामोनिशान तक न रहेगा।"

जिसका हाथ नहीं चलता उसकी ज़बान बहुत चलती है। सुभागी ने जो कुछ जी में आया, कहा और अपने झोंपड़े में जाकर रोने लगी। कभी अपने भाग्य को देखती, कभी झोंपड़े की कच्ची दीवारों को और फूट-फूट कर रोती, जैसे लड़की ससुराल जाते समय रोती है। उस समय उसके हृदय में कितना दुःख होता है, सीने पर कितना बोझ! उसे दुनिया की कोई चीज़ अच्छी नहीं लगती। यही हाल सुभागी का था। झोंपड़े की एक-एक वस्तु देखकर उसका दिल लहू के आँसू बहाता था। इसी उधेड़बुन में तीन दिन गुज़र गए।

चौथे दिन एक आदमी शम्भूनाथ ने आकर पूछा—"सुभागी! अब तेरा क्या हाल है? तूने बड़ा कष्ट पाया।"

सुभागी—"भगवान् की दया है।"

शम्भूनाथ—"सुना है, सेठ जानकीदास ने तेरे लिए बहुत खर्च किया?"

सुभागी—"भैया! उस पापी का नाम न लो मेरे सामने।"

शम्भूनाथ—"शहर में तो बड़ा यश हो रहा है। कहते हैं कि उसने सुभागी को बचा लिया। आदमी काहे को है, देवता है।"

सुभागी—''मेरा बस चले तो मैं उसका मुँह नोच लूँ।''

शम्भूनाथ—''असली बात क्या है?''

सुभागी—''ऐसा हत्यारा सारी दिल्ली में न होगा। साठ-सत्तर रुपये खर्च करके कहता है, साढ़े चार सौ उठ गए। मैंने सोचा था, सारी आयु सेवा करती रहूँगी। पर उसकी आँख तो झोंपड़े पर है। कहता है या रुपये दे या झोंपड़ा बेच। देखो तो कैसा अन्धेर है। इतना भी नहीं सोचता कि मेरे कौन बाल-बच्चे हैं? मरूँगी तो झोंपड़ा उसी को दे जाऊँगी। पर अब तो मेरा जी खट्टा हो गया है।''

शम्भूनाथ—''राम-राम! कलयुग का ज़माना है। ऐसा हमने कभी नहीं सुना था।''

सुभागी—''भैया! यह झोंपड़ा तो उसे कभी न दूँगी।''

शम्भूनाथ ने सहानुभूति से कहा—''मगर क्या करोगी? वह तो नालिश कर देगा।''

सुभागी निरुत्तर हो गई। इस बात का कोई जवाब न था। आँखें सजल हो गईं, जो बेबसी की अन्तिम सीमा है। एकाएक उसने सिर उठाया और धीरे से कहा—''तुम्हीं न खरीद लो। मैं तुम्हारे हाथ आज ही बेच देती हूँ।''

शम्भूनाथ उछल पड़ा—''सुभागी, तुमने खूब सोचा!''

सुभागी—''दाँत खट्टे हो जाएँगे सेठ साहब के। मुँह देखते रह जाएँगे श्रीमान् जी!''

शम्भूनाथ—''पता नहीं, संसार इतने पाप क्यों करता है?''

सुभागी—''धरती साथ तो चली न जाएगी!''

उसके बाद खरीद-फरोख़्त की बात होने लगी। आठ सौ रुपये पर मामला तै हो गया। सुभागी के सीने से बोझ-सा हट गया। मगर फिर चित्त पर उदासीनता-सी छा गई, जैसे कोई व्यापारी अपने सौदे में कमाकर फिर किसी चिन्ता में निमग्न हो जाता है; और इस चिन्ता में उसकी खुशी जुगनू की चमक के समान आँखों से ओझल हो जाती है।

रात इन्हीं चिन्ताओं में गुज़र गई। दूसरे दिन वह कचहरी में थी और कचहरी का आदमी उससे कह रहा था—''बुढ़िया! यहाँ अँगूठा लगा दे।''

सुभागी ने ये शब्द सुने, मगर ठीक ऐसे, जैसे कोई सोते में दूर की आवाज़ सुनता है और उसका मतलब कुछ समझता है, कुछ नहीं समझता। उसने असावधानी से अँगूठा आगे कर दिया। कचहरी के आदमी ने उस पर स्याही पोत दी और उसे पकड़कर उसका निशान कागज़ पर लगा दिया। उसे क्या खबर थी कि यह स्याही मैंने कागज़ पर नहीं फेरी, अपने भविष्य की शान्ति और चित्त के चैन पर फेर दी है। शम्भूनाथ ने आठ सौ रुपये गिनकर उसकी झोली में डाल दिए, सुभागी की आँखें चमकने लगीं। यह चमक दीपक की लौ थी, जो बुझने से पहले एक बार हँसती है और फिर सदा के लिए अंधेरे में लीन हो जाती है। कचहरी के बाहर आकर सुभागी को ख़याल आया कि मैंने यह क्या कर डाला? इतने रुपये यदि उसे पहले मिल जाते, तो अपने झोंपड़े में जाकर शायद सौ बार गिनती और तब उन्हें कहीं दबा देती। पर अब कहाँ जाए? उसने बहुत सोचा, चारों तरफ़ देखा, परन्तु कोई स्थान दिखाई न दिया। लम्बी-चौड़ी दुनिया में वह अकेली थी। उसका कोई न था। उसके पास रुपये थे, सेठ साहब का ऋण चुकाकर भी उसके पास साढ़े तीन सौ बच जाते। लेकिन उसके पास रुपये रखने की जगह न थी। अन्धी-बहरी दुनिया में कौन उसका हाथ थामेगा? किस छत के तले जाकर वह विश्राम करेगी? इधर-उधर सब आदमी थे, किन्तु सब पराये थे, उसका अपना कोई न था। एक झोंपड़ा था—सारी आयु का मूनिस-गमख़्वार। सुभागी ने उसमें आधी जवानी और आधे बुढ़ापे के दिन गुज़ारे थे। छोटे-छोटे बच्चे, गरीब स्त्रियाँ, मज़दूर, ये सब आकर उससे अनाज भुनवाते थे। वह इन्हें अपना आत्मीय समझती थी। आज सब बिछुड़ गए। आज उसके घर के द्वार उसके लिए बन्द हो गए। बेचारी कहाँ जाए? किधर? लोग कचहरी से निकलते तो तेज़ी से शहर की ओर जाते। उनके घर होंगे। पर सुभागी का घर कहाँ है? उसके पास राजसी महल न था, शानदार भवन न था, था एक फूस का झोंपड़ा और कच्चा भाड़। दुनिया ने वह भी छीन लिया। सुभागी रोने लगी। उसके हृदय-बेधी शब्दों ने राह जाते मुसाफ़िरों के पाँव पकड़ लिये। किन्तु वे कुछ कर नहीं सकते थे।

सांझ का समय था। सुभागी सेठ जानकीदास की दुकान पर पहुँची और डरते-डरते एक तरफ़ खड़ी हो गई, जैसे कोई फ़कीरनी हो। अब उसमें वह उत्साह, वह साहस न था, जिसकी सारी दिल्ली में धूम मची हुई थी। उस समय वह घर की मालकिन थी। अब बेघर थी, जिसका सारे संसार में कोई

न था। सेठ साहब ने उसे देखा तो आँखों में पानी झलकने लगा। अहंकार के लाखों शत्रु हैं, नम्रता का एक भी नहीं। लोग भेड़ मारने को बन्दूक लेकर नहीं निकलते। अब सेठ साहब को किस पर क्रोध आता? एक बेघर भिखारिन पर? वे लोभी थे, पर ऐसे पतित, इतने अधम न थे। बोले—"सुभागी!"

सुभागी ने झोली सेठ साहब के पाँवों पर उलट दी और कहा—"ये लो! तुम्हारे रुपये हैं। सँभाल लो। तुमने साढ़े चार सौ कहा था, आठ सौ हैं। बाकी ब्याज समझ लो।"

कितना भारी अन्तर है! सेठ साहब अधीर थे, साढ़े चार सौ न बक्श सके! सुभागी गरीब थी, साढ़े तीन सौ ऐसे फेंक दिये, जैसे वे रुपये न थे, मिट्टी के ढेले थे। सेठ साहब को अपने पतन का अनुभव हुआ तो लज्जा ने मुँह लाल कर दिया। वह आगे बढ़े कि सुभागी के पाँवों पर गिरकर क्षमा के लिए प्रार्थना करें। उन्हें आज पहली बार ज्ञान हुआ कि इस बुड्ढी के दिल में घर का ऐसा प्यार, इतना मोह भरा है। परन्तु सुभागी वहाँ न थी। हाँ! उसके रुपये दुकान के फर्श पर बिखरे पड़े थे। ये रुपये न थे, सुभागी के दिल के टुकड़े थे, लहू में सने हुए।

सेठ पर घड़ों पानी पड़ गया।

आधी रात को सुभागी अपने झोंपड़े पर पहुँची। पर इस तरह, जैसे कोई चोर हो। वह फूँक-फूँक कर पाँव धरती थी। कोई सुन न ले, कोई देख न ले। कभी वह इस झोंपड़े की रानी थी, आज परदेसिन। आज उसका इस पर कोई हक, कोई अधिकार न था। उसने दीया जलाया। सब-कुछ वहीं पड़ा था, उसी तरह। एक पीतल की थाली, एक लोटा, दो कटोरियाँ, एक टूटी-फूटी चारपाई, बस यही सब उसकी जायदाद थी। आज वह उससे विदा होने आई है। वह नये युग की स्त्रियों में से न थी, जो अपना घर छोड़ते समय एक आँसू भी नहीं बहातीं, न उनके दिल पर ऐसी दुःखोत्पादक बात का कोई प्रभाव पड़ता है। वह पुराने युग की अनपढ़ और असभ्य स्त्री थी, जिसके लिए घर छोड़ना और शरीर छोड़ना दोनों बराबर थे।

वह अपनी चीज़ों से लिपट-लिपट कर रोई, मानो वे निर्जीव वस्तुएँ न थीं, उसकी जीती-जागती सखियाँ थीं। इस समय सुभागी का हृदय रो रहा था।

प्रातःकाल लोगों ने देखा, सब-कुछ वहीं पड़ा है। केवल सुभागी का कहीं पता नहीं। घर मौजूद था, घरवाली मौजूद न थी। सेठ साहब ने बहुत

खोज की। झोंपड़ा शम्भूनाथ ने नहीं खरीदा था, उसकी मार्फ़त खुद सेठ साहब ने खरीदा था। इसके लिए उन्होंने कई साल यत्न किया कि उसकी जगह उसी को लौटा दें। अब यह झोंपड़ा उन्हें अपनी दुकानी का कलंक मालूम होता था। उन्होंने सुभागी की खोज की, पर उसका पता न मिला। यहाँ तक कि सेठ साहब निराश हो गए।

~

मगर सुभागी कहाँ थी? दिल्ली से बाहर, जमुना के किनारे, जंगल में। कैसी आन वाली स्त्री थी! जहाँ घर की मालकिन बनकर कई साल गुज़ारे थे, वहाँ बेघर होकर एक दिन भी न गुज़ार सकी और उसी रात जंगल में भाग गई। उसे शहर से घृणा हो गई थी। वह चाहती थी, ऐसे स्थान में जा रहे, जहाँ किसी परिचित का मुँह भी दिखाई न दे। वह आदमी की छाया से भी दूर भागती थी। उसका दिल टूट गया था। अब उसके कान आदमी की आवाज़ के भूखे न थे, न उसके लिए जगत् में आशा का मोहन गीत बाकी था। वह भूखी-प्यासी पागलों के समान चली जा रही थी। पता नहीं, कहाँ? शायद वहाँ, जहाँ मनुष्य-समाज की सहानुभूति और आशा-किरण का जादू न हो। वह अब ऐसा स्थल ढूँढ़ती थी, जहाँ कोई प्रसन्नता, कोई अभिलाषा, कोई मोहनी न हो। रात के अंधेरे में पत्थरों से टकराती, झाड़ियों से उलझती, गड्ढों में गिरती-पड़ती, ऊँच-नीच फाँदती सुभागी इस प्रकार चली जाती थी, जिस प्रकार उड़ते पक्षी की छाया उड़ी जाती है और उसे कोई रोक नहीं सकता। किसी दूसरे समय वह इस जंगल में आकर काँप उठती, पर इस समय उसे जंगल से ज़रा भी भय न था। दुःख और निराशा में भय भी नहीं रहता। और जो अंधेरा उसके हृदय में समाया हुआ था, उसके सामने बाहर का अंधेरा तुच्छ था। वह मनुष्य और मनुष्य के विचार, दोनों से दूर भाग रही थी। जंगल के हिंस्त्र जीव-जन्तु उसे आदमी से कहीं अधिक दयावान्, शीलवान और उच्च मालूम होते थे। सोचती—'ये झूठ नहीं बोलते, धोखा नहीं देते, बगल में छुरी दबाकर मुँह से मीठी-मीठी बातें नहीं करते। इन्हें चापलूसी करना नहीं आता। ये मनुष्य से हज़ार गुना अच्छे हैं। मनुष्य से इनकी तुलना करना इन का घोर अपमान करना है।'

इसी तरह सोचती और मनुष्य-समाज और आधुनिक सभ्यता को कोसती

हुई सुभागी जंगल के अंधेरे में बढ़ती चली जा रही थी कि भूख, प्यास और सर्दी ने उसके पाँव पकड़ लिये और वह एक पत्थर पर बैठकर रोने लगी। रात का समय था। जंगल में अन्धकार छाया हुआ था। कहीं आदमी का पुतला तक दिखाई न देता था। सुभागी अपने भाड़ को याद करके रोती थी, पर उसके आँसुओं को देखने वाला सिवा आसमान के तारों के और कोई न था।

यहाँ सुभागी को पुराने ज़माने की एक कुटिया मिल गई। इसमें उसने एक महीना काटा। पेड़ों के फल खाती, जमुना का पानी पीती और रात को घास पर लेटी रहती। यहाँ उसको कोई कष्ट न था, न खाने-पीने के लिए मज़दूरी करनी पड़ती थी। किन्तु घर का मोह यहाँ भी न गया। यह मिट्टी की ज़ंजीर जीते-जी किसी के पाँव से कब उतरी है? विवश होकर एक दिन उसने कुटिया को छोड़ दिया और दिल्ली को लौट पड़ी। इस समय उसके पाँव पृथ्वी पर नहीं पड़ते थे। मगर शहर के समीप आकर उसका दिल बैठ गया। कहाँ जाऊँगी। इस शहर में अब मेरा कौन है? लोग देखेंगे, तो क्या कहेंगे? सोच-सोचकर निश्चय किया कि रात को जाऊँगी, ताकि कोई देखने न पाए। पर रात बहुत देर में आई। हतभागों से समय की भी शत्रुता है।

सुभागी अपने झोंपड़े के पास पहुँची तो उस पर बिजली-सी गिर पड़ी। वहाँ झोंपड़ा न था, न उसका भाड़ दिखाई देता था। ज़मीन खुदी हुई थी, छोटी-छोटी दीवारें खड़ी थीं। यह इमारत न थी, उसके सुखों की समाधि थी। सुभागी ने एक चीख मारी और वहीं बैठ गई। क्या-क्या अरमान लेकर आई थी, सब पर पानी फिर गया। उसे ऐसा मालूम हुआ, मानो चाँदनी चौक की सारी रोशनी बुझ गई है और आसमान के तमाम तारों ने अंधेरे की चादर में मुँह छिपा लिया है। एकाएक उसे ख़याल हुआ कि मेरा पति मुझे लेने आएगा तो कहाँ ढूँढ़ेगा?

दूसरे दिन दुकान के दरवाज़े पर उसका मृत शरीर पड़ा था। उसका वचन झूठा न निकला। उसने दुनिया छोड़ दी पर अपना झोंपड़ा न छोड़ा। आज वह सुभागी कहाँ चली गई? किधर? किस देश को? वहीं, जहाँ उसका पति, उसका भाड़, उसका झोंपड़ा जा चुका था। वह पुराने युग की स्त्री थी, अपने घर के बिना अकेली कैसे रहती? नई दिल्ली में पुरानी दिल्ली का अंतिम दीया जल रहा था, वह भी बुझ गया।

सेठ जानकीदास कई दिन तक घर से बाहर नहीं निकले।

[प्रथम प्रकाशन : सन् 1929]

एथेन्स का सत्यार्थी

यह उस बीते हुए युग की कहानी है, जब यूनान ऐश्वर्य और सभ्यता के शिखर पर था और संसार की सर्वोत्तम सन्तान यूनान में उत्पन्न होती थी।

रात का समय था, काव्य और कला को कभी न भूलने वाली प्राचीन नगरी एथेन्स पर अन्धकार छाया हुआ था। चारों तरफ़ सन्नाटा था, चारों तरफ़ निःस्तब्धता थी—सब बाज़ार खाली थे, सब गलियाँ सुनसान थीं और वह सुन्दर आबाद नगरी रात के अंधेरे में दूर से इस तरह दिखाई देती थी, जैसे किसी जंगल में धुँधली-सी अपूर्ण छाया का पड़ाव पड़ा हो।

पूरी नगरी पूरा विश्राम कर रही थी। उसके विद्वान् और विलासी बेटे अपनी-अपनी शय्या पर बेसुध पड़े थे। रंगशालाएँ खाली हो चुकी थीं, विलास-भवनों के दीपक बुझा दिए गए थे और द्वारपालों की आँखों की पलकें नींद के लगातार आक्रमणों के सामने झुकी जाती थीं।

परन्तु एक नवयुवक की आँखें नींद की शान्ति और शान्ति की नींद, दोनों से वंचित थीं।

यह देवकुलीश एक विद्यार्थी था, जिसकी आत्मा सत्यदर्शन की प्यासी थी। वह एक बड़े धनवान् का बेटा था, उसकी सम्पत्ति उसके लिए प्रत्येक प्रकार का विलास खरीद सकती थी। वह अत्यन्त मनोहर था। यूनान-माता की सबसे सुन्दर बेटियाँ उसके प्रेम में पागल हो रही थीं। वह बहुत उच्चकोटि का तत्त्ववेत्ता था। उसकी साधारण युक्तियाँ भी अध्यापकों की पहुँच से बाहर थीं। परन्तु उसे इस पर भी शान्ति न थी। वह सत्यार्थी था। वह सत्य की खोज में अपने-आपको मिटा देने पर तुला हुआ था। वह इस रास्ते में अपना सर्वस्व निछावर कर देने को तैयार था। मर्त्य-लोक की नाशवान खुशियाँ उसके लिए

अर्थहीन वस्तुएँ थीं। यौवन और सौन्दर्य की सजीव मूर्तियों में उसके लिए कोई आकर्षण न था। वह चाहता था, किसी तरह सत्य को बेपरदा, नंगा देख ले। ऐसा नहीं, जैसा वह दिखाई देता है, बल्कि ऐसा, जैसा वास्तव में है। वह अपनी इस मनोरथ सिद्धि के लिए सब-कुछ करने को तैयार था।

देवकुलीश रात-दिन पढ़ता था।

पढ़ता था और सोचता था, सोचता था और पढ़ता था। मगर उसके स्वाध्याय, चिन्तन और मनन से उसके प्यासे हृदय की प्यास मिटती न थी, बढ़ती जाती थी। सत्य का रोगी चिकित्सा से और ज़्यादा बीमार होता जाता था।

~

विद्यालय के विशाल आँगन में एक ऊँचा चबूतरा था, जिस पर पता नहीं कब से मिनरवा—ज्ञान और विवेक की देवी, संगमरमर के वस्त्र पहने खड़ी थी। देवकुलीश पत्थर की इस मूर्ति के हिम समान पैरों के निकट घण्टों बैठा रहता और संसार के रहस्य पर चिन्तन किया करता था। यहाँ तक कि उसके मित्रों और सहपाठियों ने समझ लिया कि इसके मस्तिष्क में विकार उत्पन्न हो गया है। वे उसकी इस शोचनीय (?) दशा को देखते थे और कुढ़ते थे।

उस रात भी देवकुलीश देवी के पैरों के निकट बैठा था और रो रहा था—"कृपा कर! ऐ विद्या और विज्ञान की सबसे बड़ी देवी! कृपा कर! मेरे मन की अभिलाषा पूरी कर। मैं कई वर्षों से तेरी पूजा कर रहा हूँ, मैंने कई रातें तेरे पैरों को अपने आँसुओं से धोने में काट दी हैं। मैंने कई दिन केवल तेरे ध्यान में बिता दिए हैं। मेरी प्रार्थना सुन और उसे स्वीकार कर।"

देवकुलीश यह कहकर खड़ा हो गया और देवी के तेज-पूर्ण मुख की तरफ़ देखने लगा। मगर वह उसी तरह चुपचाप खड़ी थी।

इतने में चन्द्रमा आकाश में उदित हुआ। उसके सुवर्ण और सुशीतल प्रकाश में देवी की मूर्ति और भी मनोहर दिखाई देने लगी।

अब देवकुलीश फिर मूर्ति के चरणों में बैठा था और फिर उसी तरह बालकों के समान रो-रोकर प्रार्थना कर रहा था, मानो वह संगमरमर की मूर्ति न थी, इस दुनिया की जीती-जागती स्त्री थी, जो सुनती भी है, बोलती भी है। बुद्धिमान् देवकुलीश ने पागलपन के आवेश में कहा—"आज की रात

फ़ैसले की रात है। ऐ ज्ञान और विवेक की रानी! तूने मेरे दिल में जिज्ञासा की आग सुलगाई है, तू ही उसे सत्य के शीतल जल से शान्त कर सकती है। सत्य कहाँ है—अजर, अमर, अटल सत्य? वह सत्य जिस पर बुद्धिमान् लोग शास्त्रार्थ करते हैं, जिसका पण्डित चिन्तन करते हैं, जिसे लोग एकान्त में तलाश करते हैं, मन्दिरों में ढूँढ़ते हैं, जिसके लिए दूर-दूर भटकते हैं। मैं वह उच्च कोटि का सत्य देखने का अभिलाषी हूँ। नहीं तो मैं चाँद की उज्ज्वल चाँदनी के सामने तेरे पवित्र पैरों की सौगन्ध खाकर कहता हूँ कि अपने निरर्थक जीवन को यहीं, इसी जगह समाप्त कर दूँगा। मुझे सत्य-हीन जीवन की कोई आवश्यकता नहीं।'' यह कहकर देवकुलीश ने अपनी चादर के अन्दर से एक कटार निकाली और आत्महत्या करने को तैयार हो गया।

एकाएक सफ़ेद पत्थर की सफ़ेद मूर्ति सजीव हो गई। उसने देवकुलीश के हाथ से कटार छीन ली, उसे आँगन के एक अंधेरे कोने में फेंक दिया और कहा—''देवकुलीश!''

देवकुलीश काँपता हुआ खड़ा हो गया; और आशा-निराशा और आनन्द की दृष्टि से देवी की ओर देखने लगा। उसने सोचा—'क्या यह सच है।'

हाँ, यह सच था। देवी के होंठ सचमुच हिल रहे थे—''देवकुलीश! देवकुलीश!''

देवकुलीश देवी का एक-एक शब्द पूरे ध्यान से सुन रहा था।

''देवकुलीश! मौत का मार्ग अंधेरा है। तू मेरा पुजारी है। तू मेरी आँखों के सामने इस मार्ग पर नहीं जा सकता। मेरे लिए यह असह्य है कि मेरे सामने कोई व्यक्ति आत्महत्या कर जाए। माँग! क्या माँगता है? मैं तेरी हर एक मनोकामना पूरी करने को तैयार हूँ।''

देवकुलीश का दिल सफलता के आनन्द से धड़क रहा था। उसके मुँह से शब्द न निकलते थे। वह देवी के पैरों के निकट बैठ गया और श्रद्धाभाव से बोला—''पवित्र देवी! मैं सत्य को उसके असली स्वरूप में देखना चाहता हूँ। नंगा, बेपरदा, खुला सत्य। और कुछ नहीं, केवल सत्य!''

''तू सत्य को जानना चाहता है,''—देवी के होंठों से आवाज़ आई—''तू आप सत्य है। यह आँगन भी सत्य है। मैं भी सत्य हूँ। आँखें खोल! सत्य संसार के चप्पे-चप्पे पर खड़ा है।''

देवकुलीश—''मगर उस पर परदे पड़े हुए हैं।''

देवी—"विवेक की आँख उन परदों के अन्दर का दृश्य भी देख सकती है।"

देवकुलीश—"पवित्र माता! मैं सत्य को विवेक से नहीं, आँखों से देखना चाहता हूँ। मैं सोचकर नहीं देखना चाहता, देखकर सोचना चाहता हूँ।"

देवी ने अपना पत्थर का सफ़ेद, ठंडा और भारी हाथ देवकुलीश के कन्धे पर रख दिया और मीठे स्वर में बोली—"बेपरदा, नंगा, असली सत्य आज तक दुनिया के किसी बेटे ने नहीं देखा, न देवताओं ने किसी बेटे को यह वरदान दिया है। तू अन्न का कीड़ा है, तेरी आँखों में यह दृश्य देखने की शक्ति कहाँ? मेरा परामर्श है, यह वहम छोड़ दे और अपने लिए कोई वस्तु माँग। मैं अभी, इसी जगह दूँगी।"

देवकुलीश—"यूनान की सबसे बड़ी देवी! मैं केवल नंगा सत्य देखना चाहता हूँ, और कुछ नहीं चाहता।"

देवी—"मगर इसका मूल्य..."

देवकुलीश—"जो कुछ माँगें मैं देने को तैयार हूँ।"

देवी—"धन-दौलत, सौन्दर्य, यश सब तुझसे छूट जाएँगे। तुझे अपनी दुनिया को चाँद और सूरज के प्रकाश से भी खाली करना होगा—शायद इस यत्न में तुझे अपने जीवन की भी आहुति देनी पड़े। बोल! क्या अब भी तू सत्य का नंगा रूप देखना चाहता है?"

देवकुलीश—"मुझे सब कुछ स्वीकार है।"

देवी ने सिर झुका लिया।

देवकुलीश—"परमेश्वर की दृष्टि में ऐसी कोई वस्तु नहीं, जो मैं इसके लिए न त्याग सकूँ।"

देवी ने सिर उठाया और मुस्कराकर कहा—"बहुत अच्छा! तू सत्य को देख लेगा, तुझे सत्य दिखा दिया जाएगा, सत्य का असली नंगा रूप तेरे सामने होगा। परन्तु एक बार नहीं, धीरे-धीरे। चल! आज सत्य का एक परदा उठा, बाकी एक वर्ष के बाद!"

~

यह कहते-कहते देवी ने अपनी सफ़ेद पत्थर की चादर उतारकर चबूतरे पर रख दी और देवकुलीश को गोद में उठा लिया। देखते-देखते देवी के दोनों कन्धों

पर परियों के-से दो पर निकल आए। देवी ने पर खोले और हवा में उड़ने लगी। पहले शहर, मन्दिरों के कलश, पर्वत, फिर चाँद, तारे, बादल सब नीचे रह गए। देवी देवकुलीश को लिए आकाश में उड़ी जा रही थी। थोड़ी देर बाद उसने देवकुलीश को बादलों के एक पहाड़ पर खड़ा कर दिया। देवकुलीश ने देखा, पृथ्वी उसके पाँवों तले बहुत दूर, बहुत नीचे एक छोटे-से तारे के समान टिमटिमा रही है। और यह है वह दुनिया, जिसको वह इतना बड़ा समझ रहा था। मगर देवकुलीश का ध्यान इस ओर न था। उसने अपने पास छाया में छिपी हुई धुँधली-सी चीज़ देखी और देवी से पूछा—"यह क्या है?"

देवी—"यह सत्य है। यह छिपकर यहाँ रहता है। यहीं से तेरी और अनगिनत दूसरी दुनियाओं को अपनी दिव्य-ज्योति भेजता है। इसी के धुँधले प्रकाश में बैठकर बुद्धिमान लोग संसार की पहेलियाँ हल किया करते हैं और गुरु अपने शिष्यों को जीवन की शिक्षा देते हैं। यही प्रकाश सृष्टि का सूरज है, यही ज्योति मानव-चरित्र का आदर्श है। तू कहेगा—यह तो कुछ ज़्यादा प्रकाशमान नहीं। परन्तु देवकुलीश! तेरे शहर के निकट जो नदी बहती है, यदि उसकी सारी रेत का एक-एक कण एक-एक सूरज बन जाए, तब भी उसमें इतना प्रकाश न होगा, जितना इस पहाड़ की छाया में है। मगर वह परदों में छिपा हुआ है। चल, आगे बढ़ और इसका एक परदा उतार दे।"

देवकुलीश ने एक परदा उतार दिया। इसके साथ ही उसे ऐसा मालूम हुआ जैसे संसार में एक नवीन प्रकार का प्रकाश फैल गया है। सच की छाया अब पहले से अधिक स्पष्ट और प्रकाशमान थी। देवी देवकुलीश को फिर एथेन्स में उड़ा लाई और अपनी संगमरमर की चादर ओढ़कर उसी चबूतरे पर उसी तरह चुपचाप खड़ी हो गई।

अब देवकुलीश की दृष्टि में चाँदी और सोने का कोई मूल्य न था। वह लोगों को धन के पीछे भागते देखता तो उसे आश्चर्य होता था। वह चाँदी को सफ़ेद लोहा और सोने को पीला लोहा कहता था और इनकी प्राप्ति के लिए अपना परिश्रम नष्ट न करता था। उसे पढ़ने की धुन थी, दिन-रात पढ़ता रहता था। उसके बाप ने उसका साधु-स्वभाव देख कह दिया कि इसे मेरी जायदाद में से कुछ न मिलेगा, परन्तु देवकुलीश को इसकी ज़रा चिन्ता न थी। उसके मित्र-सम्बन्धी कहते—"देवकुलीश! यह आयु जवानी और जीत की है। सफ़ेद बालों और झुकी हुई कमर का युग आरम्भ होने से पहले-पहल कुछ जमा

कर ले; नहीं तो फिर बाद में पछताएगा।''

देवकुलीश उनकी तरफ़ अद्‌भुत दृष्टि से देखता और कहता—''तुम क्या कह रहे हो? मैं कुछ नहीं समझता।''

एथेन्स के एक बहुत अमीर की कुंवारी बेटी अब भी देवकुलीश से प्रेम करती थी। जब वह देवकुलीश की इस दीन दशा को देखती थी, तो अपने दिल में कुढ़ती थी। देवकुलीश के खाने-पीने का प्रबन्ध भी वही करती थी। अन्यथा वह भूखा-प्यासा मर जाता।

इसी तरह एक वर्ष के तीन सौ पैंसठ दिन समाप्त हो गए। रात का समय था, एथेन्स पर फिर अन्धकारपूर्ण सन्नाटा छाया हुआ था। देवकुलीश ने फिर देवी के पैरों पर सिर झुकाया। देवी उसे फिर बादलों के पहाड़ पर ले गई। और देवकुलीश ने सत्य का दूसरा परदा फाड़ दिया। इस बार सत्य का प्रकाश और भी साफ़ हो गया। देवकुलीश ने उसे देखा और उसकी आँखों को वह ज्ञान-चक्षु मिल गए, जो यौवन और सुकुमारता के लाल लहू के पीछे छिपे हुए बुढ़ापे की एक-एक झुर्री को देख सकते हैं। फिर वह अपनी अज्ञान और अविद्या की दुनिया को वापस चला आया। देवी फिर संगमरमर का बुत बनकर अपने स्थान पर खड़ी हो गई।

~

एक दिन उसके एक मित्र ने कहा—''देवकुलीश! आज यूनान की सारी कुँवारी लड़कियाँ एथेन्स में जमा हैं और यूनान की सबसे सुन्दर युवती को सौंदर्य का पहला इनाम दिया जाएगा। क्या तू चलेगा?''

देवकुलीश ने मुस्कराकर कहा—''सत्य वहाँ नहीं है।''

दूसरे दिन एक अध्यापक ने कहा—''आज यूनान के सारे समझदार लोग विद्यालय में जमा हैं। क्या तुम उनसे मिलोगे?''

देवकुलीश ने ठण्डी आह भरकर जवाब दिया—''सत्य वहाँ भी नहीं है।''

तीसरे दिन एक महन्त ने कहा—''आज चाँद देवी के बड़े मन्दिर में देवताओं की पूजा होगी। क्या तुम भी वहाँ आओगे?''

देवकुलीश ने लम्बी आह खींची और कहा—''सत्य वहाँ भी नहीं है।''

और इस तरह सत्यार्थी ने जवानी ही में जवानी के सारे प्रलोभनों पर

विजय प्राप्त कर ली। अब वह पूरा सन्त था, मगर वह एथेन्स के किसी मेले में नज़र न आता था, उसकी आवाज़ किसी सभा में सुनाई न देती थी।

देवकुलौश साल-भर एकान्त में पढ़ता रहा और इसके बाद बादलों के पहाड़ पर जाकर सत्य का एक परदा फाड़ आता था। इसी तरह कई वर्ष बीत गए। उसका ज्ञान दिन पर दिन बढ़ता गया; मगर उसकी आँखें अन्दर धँस गई थीं, कमर झुक चुकी थी; सिर के सारे बाल सफ़ेद हो गए थे। उसने सत्य की खोज में अपनी जवानी बुढ़ापे की भेंट कर दी थी। मगर उसे इसका दुःख न था; क्योंकि वह जवानी और बुढ़ापे की सत्ता से परिचित हो चुका था।

और लोग यह समझते थे—देवकुलीश ने अपने लिए अपनी कुटिया को अपनी समाधि बना लिया है।

~

आखिर वह प्यारी रात आ गई, जिसकी प्रतीक्षा में देवकुलीश को अपने जीवन का एक-एक क्षण, एक-एक वर्ष एक-एक शताब्दी से भी लम्बा मालूम होता था।

आज सत्य के मुँह से अन्तिम परदा उठेगा। आज वह सत्य को नंगा, बेपरदा देखेगा, जिसे संसार के किसी नश्वर पुत्र ने आज तक नहीं देखा। आज उसकी सबसे बड़ी साध पूरी हो जाएगी।

आधी रात को उसे विवेक और विज्ञान की देवी ने अन्तिम बार गोद में उठाया और बादलों के पहाड़ पर ले जाकर खड़ा कर दिया।

देवकुलीश ने सत्य की ओर अधीर होकर देखा।

देवी ने कहा—"देवकुलीश! देख, इसका प्रकाश कैसा साफ़, कैसा तेज़ है। अब तक तूने इसके जितने परदे उतारे हैं, वे इसके परदे न थे, तेरी बुद्धि के परदे थे। सत्य के ऊपर एक ही परदा है। आगे बढ़ और उसे उतार दे, परन्तु अगर तू चाहे तो अब भी लौट चल। मैं तुझे सातों समुद्रों के मोती और दुनिया का सारा सोना देने को तैयार हूँ। तेरा गया हुआ स्वास्थ्य वापस मिल सकता है, तेरा उजड़ा हुआ यौवन लौटाया जा सकता है। मुझसे कह, तेरे सिर के सफ़ेद बालों को छूकर फिर से काला कर दूँ। देवकुलीश! अब भी समय है, अपना संकल्प त्याग दे।"

मगर शूर सत्यार्थी ने देवी का कहना न माना और आगे बढ़ा। उसका

कलेजा धड़क रहा था, उसके पाँव लड़खड़ा रहे थे, उसके हाथ काँप रहे थे, उसका सिर चकरा रहा था, मगर वह फिर भी आगे बढ़ा। उसने अपनी आत्मा और शरीर की समस्त शक्तियाँ हाथों में जमा कीं और उन्हें फैलाकर सत्य का अन्तिम परदा फाड़ दिया।

ओ परमात्मा!

ओ परमात्मा!!

चारों ओर अन्धकार छा गया था—ऐसा भयानक अन्धकार जैसा इससे पूर्व देवकुलीश की आँखों ने कभी न देखा था। उसने चिल्लाकर कहा—"देवी माता! यह क्या हो गया? मुझे दिखाई नहीं देता। वह जो परदे के पीछे था, कहाँ चला गया?"

देवी ने मधुर स्वर से कहा—"देवकुलीश! देवकुलीश!!"

देवकुलीश ने अँधेरे में टटोलते हुए कहा—"देवी! मुझे बता—वह कहाँ है? मैं कहाँ हूँ? तू कहाँ है?"

देवी ने अपना हाथ धीरे से उसके कन्धे पर रखा और बोली—"देवकुलीश! तेरी आँखें नंगे सत्य का दृश्य देखने में असमर्थ होने के कारण फूट गईं। अब संसार की कोई शक्ति ऐसी नहीं, जो उन्हें ठीक कर सके। मैंने तुझसे कहा था, यह विचार छोड़ दे, परन्तु तू न माना और अब तूने देख लिया कि जब मनुष्य सत्य को नंगा देखना चाहता है, तो क्या देखता है? सत्य परदों के अन्दर ही से देखा जा सकता है। जब उसका परदा उतार दिया जाता है, तो मनुष्य वह देखता है जो कभी नहीं देख सकता।"

देवकुलीश बादलों के पहाड़ पर मुँह के बल पर गिर पड़ा और फूट-फूटकर रोने लगा।

हज़ारों वर्ष बीत चुके हैं, पर एथेन्स के सत्यार्थी की खोज अभी तक जारी है। अगर कोई आदमी बादलों के पहाड़ की घाटियों में जा सके तो उसे देवकुलीश के रोने की आवाज़ आज भी इसी तरह सुनाई देगी।

[प्रथम प्रकाशन : सन् 1953]

जीवन और मृत्यु

हसन इकबाल

कितना ज़माना गुज़र गया, मगर आज भी वे दिन कल की तरह याद हैं। जवानी के वे सुनहरे चमन, बहार के वे खुशरंग फूल, उम्मीदों के वे दिलकश नज़ारे, आज जाने कहाँ छिप गए? दुनिया के तौर-तरीके उसी तरह जारी हैं, उमंगों के बाग आज भी अपनी जादू-भरी हवाओं से जवानी के खून को गरमा रहे हैं। मगर मेरे लिए और मेरे दिल के लिए उनमें कोई गरमी, कोई दिलकशी, कोई रंगीनी नहीं। सब-कुछ सपना हो गया।

मैं और जहान आरा बचपन में एक-साथ खेले हैं। कैसे मासूम दिन थे, जब शरम-हया की बेड़ियाँ पाँवों में न पड़ी थीं। जहान आरा हुस्न और नज़ाकत की पुतली थी। उसे देखकर मेरा दिल नाचने लग जाता था। मैं अपने आपे में न रहता था। मैं चाहता था, उसे कलेजे में बिठा लूँ। मैं उसे सदा देखना और देखते रहना चाहता था। अकेला होता, तब भी उसी का ध्यान रहता।

मुझे उससे मुहब्बत थी। यह मुहब्बत हिर्स और हवा की मुहब्बत न थी, न यह मुहब्बत कुछ दिनों के बाद बदल जाने वाली, मिट जाने वाली, मर जाने वाली मुहब्बत थी, जो बरसाती नाले की तरह कभी किनारों तक उमड़ जाती है, कभी बिलकुल खुश्क हो जाती है। यह खरी, असली, सच्ची मुहब्बत थी, जिसके सोते बारह महीने जारी रहते हैं और जिसे सूरज की सारी गरमी भी सुखाना चाहे तो नहीं सुखा सकती। यही सबब है कि जहान आरा आज भी जब कि दुनिया की अनजान आँखें उसे देखने से लाचार हैं, अपने प्यार की पूरी शान-शौकत से मेरे सामने है और मेरी नींद और बेदारी दोनों पर राज कर रही है। और किसी में ताकत नहीं कि इस राज को मिटा सके।

बचपन का ज़माना था, दुनियादारी का हम दोनों को ख़याल न था। इर्द-गिर्द के हाल से बेखबर, माँ-बाप की मरज़ी से बेपरवाह, प्यार-मुहब्बत की घाटियों में बढ़े जाते थे और हमें इस बात की ज़रा भी परवाह न थी कि यह सफ़र कहाँ खत्म होगा? कब खत्म होगा? कैसे खत्म होगा? उस राही की तरह, जो आँखों पर पट्टी बाँधकर दौड़ता जाए और यह न सोचे, न सोचने की ज़रूरत समझे कि राह में नदी-नाले पड़ते हैं या काँटों वाली झाड़ियाँ खड़ी हैं।

मगर मैं गरीब था और जहान आरा अमीर बाप की बेटी थी। धीरे-धीरे यह खाड़ी जो बचपन के पहाड़ों में पानी की पतली-सी लकीर थी, बढ़ने लगी, फैलने लगी, चौड़ी होने लगी। यहाँ तक कि जवानी के मैदान में पहुँचते-पहुँचते यही पानी की मामूली धार एक दरिया की सूरत में बदल गई। इधर मैं खड़ा था, उधर जहान आरा खड़ी थी और बीच में गहरे पानी की भयानक मौजें गरजती थीं। अब हमारी आँखें खुलीं, अपनी हिमाकत पर पछताने लगे। पहले पता होता तो यहाँ तक नौबत न आती। पहले प्यार बढ़ा था, अब प्यार की चिंता बढ़ने लगी। कोई रास्ता नज़र न आता था, कोई सूरत दिखाई न देती थी, कोई तरकीब समझ न आती थी। हम घबरा गए।

प्यार और खाँसी छिपाए नहीं छिपते। जब तक बच्चे थे किसी ने ख़याल न किया। जवान हुए तो हमारी अपनी ही आँखों ने राज खोल दिया। कुछ दिनों यह बात लड़के-लड़कियों का मशगला बनी रही, इसके बाद बड़े-बूढ़ों के कानों तक जा पहुँची। नतीजा यह हुआ कि जहान आरा का बाहर निकलना बन्द हो गया। मुझ पर पहाड़ टूट पड़ा। चारों तरफ़ घबराया-घबराया फिरता था। न दिन का आराम रहा, न रात की नींद। अब नाउम्मीदी थी या ठण्डी आहें थीं या गरम आँसू थे। कुछ ही दिन में सेहत खराब होने लगी, जैसे पानी न मिलने से पौधा मुरझा जाता है।

मेरे माँ-बाप मुझसे नाराज़ थे। कहते—"तूने हमें कहीं मुँह दिखाने के लायक नहीं रखा। खूबसूरती देखी, अपनी हैसियत न देखी। ब्याह-शादियों के रिश्ते बराबर वालों में होते हैं। हमारा उनका क्या मुकाबिला? ज़मीन-ज़मीन है, आसमान-आसमान है। इन दोनों में क्या मेल?" जब मेरी सेहत बिगड़ने लगी, तो उन्होंने परवाह न की। मगर जब हालत ज़्यादा खराब होने लगी, तो उन्हें भी फ़िक्र हुई। माँ-बाप बच्चे के रोने-रूठने की परवाह करें या न करें, लेकिन उसे घर से भागते देखकर उनका दिल ठिकाने नहीं रहता।

एक दिन मेरा बाप बहुत देर तक मुझे समझाता रहा। मगर पागल और प्रेमी को कौन समझाए? मेरे दिल पर ज़रा भी असर न हुआ। मेरा बाप हारकर बोला—"अच्छा! तू यह मानता है या नहीं कि हम गरीब हैं?"

मैंने सिर झुकाकर जवाब दिया—"मानता हूँ।"

बाप—"और उसका बाप अमीर है। चाहे तो हमें खरीद ले, चाहे तो हमें नौकर रख ले।"

मैं—"पता नहीं।"

बाप—"पता नहीं का बच्चा! सब-कुछ देखता है और फिर भी अन्धा बन रहा है! हमारी उनके सामने हकीकत ही क्या है? अपनी तरफ़ नहीं देखता, चला है इश्क करने। नासिर अली बड़ा ज़ालिम आदमी है। अगर उसको गुस्सा आ गया, तो कोई इल्ज़ाम लगाकर सारे घर को बँधवा देगा। वह तो जानो पड़ोसी होने का लिहाज़ कर रहा है, वर्ना अब तक कुछ कर चुका होता। अब भी भला चाहे तो उसकी लड़की का ध्यान छोड़ दे।"

मैं—"आप तो यों ही गुस्से में आ जाते हैं। मुझे उसका ज़रा भी ख़याल नहीं।"

बाप—"ख़याल नहीं? सारे शहर में मिट्टी उड़ रही है। बेईमान कहीं का! कहता है, मुझे उसका ख़याल नहीं।"

मैं—"अब आप न मानें तो मैं क्या कर सकता हूँ?"

बाप—"करना क्या है? उसका ख़याल दिल से निकाल दे और समझ ले कि यह रिश्ता कभी न होगा। झगड़ा खत्म। (पुचकारकर) बेटा! तूने मेरा कहा आज तक नहीं टाला। मुझे तुझ पर हमेशा नाज़ रहा है। तू यह झगड़ा क्यों ले बैठा? बेहतर यही है कि यह ख़याल दिल से निकाल दे।"

मैं—"बहुत बेहतर! मैं आज से उसका नाम भी ले जाऊँ, तो जूते मार कर घर से निकाल देना।"

बाप—"शाबाश! मुझे तुमसे यही उम्मीद थी। मगर कोई खत-वत न लिख बैठना। पकड़ा गया तो बड़ी बुरी बात होगी। उसका बाप बड़ा ज़ालिम है। बुरी तरह बदला लेगा।"

मैं—"यहाँ फ़ैसला कर चुके कि उसका नाम भी न लेंगे। उसका ख़याल भी न करेंगे। वह अपने घर खुश; हम अपने घर खुश।"

बाप—"तो मैं अब बेफ़िक्र हो जाऊँ?"

मैं—''पूरे तौर से।''

बाप—''बेटा! ऐसे कामों में सदा बुराई निकली है।''

मैं—''आप ठीक फ़रमाते हैं।''

बाप—''खुदा तुझे समझ दे।''

मैं—''अब आपको शिकायत का मौका न मिलेगा।''

मेरे बाप ने मुझे गले से लगा लिया और रोने लगा। मेरी आँखों में भी आँसू आ गए। मगर जहान आरा का ख़याल दिल में उसी तरह मौजूद था। सोचता था, 'जाने जहान आरा क्या सोचती होगी?'

जहान आरा

अब कई-कई दिन बीत जाते हैं और मुलाकात ही नहीं होती। खुदा इस दौलत को गारत करे, मुहब्बत के बीच में खड़ी है और हँसती है। मगर मुझे रोना आता है। मैं चाहती हूँ कोई इस रुपये-पैसे को आग लगा दे तो अमीरी-गरीबी का सवाल ही न रहे। अम्मीजान ने भी गज़ब किया, अब्बाजान से साफ़-साफ़ कह दिया। अब अब्बाजान उनकी जान के दुश्मन बने फिरते हैं। मालूम होता है, इसीलिए उन्होंने इधर से गुज़रना ही छोड़ दिया है। पहले हर रोज़ आते थे, अब कई दिन से नहीं आए। सोचते होंगे, 'कहीं बात न बढ़ जाए। थुड़ी-थुड़ी होने लगेगी। लोग तमाशा देखेंगे और हँसेंगे।'

मगर यह जुदाई कैसे सहूँ? मुहब्बत और सब-कुछ सह सकती है, पर जुदाई सहना मुश्किल है। मेरी आँखों में दुनिया अंधेरी हो गई। कोई भी चीज़ अच्छी मालूम न होती, न मीठी, न नमकीन। बीमारी में मुँह का ज़ायका ही बदल जाता है। उस समय रोशनी भी बुरी मालूम होती है। उस समय हवा भी छुरी बनकर चुभती है।

सोच-सोचकर मैंने चोरी-चोरी मिलने का इरादा किया। कोई मुझे बुरा-भला न कहे, यह कुदरती था। पानी सीधा रास्ता बन्द पाता है, तो इधर-उधर का रुख अख़्तियार कर लेता है। मैंने अपने दिल के साथ कई दिन तक कशमकश की, मगर मुहब्बत ने माँ-बाप के भय और बदनामी के भूत दोनों को पछाड़ दिया। मैंने अपनी सहेली खदीजा से कहा—''जैसे भी हो, अपने यहाँ मुलाकात करा दो। नहीं तो मैं मर जाऊँगी।''

खदीजा के खाविन्द मियां हलीम और मेरे बाप में बहुत मेल-जोल

था। खदीजा का भी हमारे यहाँ आना-जाना था। उस पर हमारे घरवालों को कभी शक न हो सकता था। खदीजा ने मेरी तजवीज़ सुनी तो डर गई। उसे डर था कि अगर किसी को इस मुलाकात का हाल मालूम हो गया, तो वह भी बदनाम हो जाएगी। लेकिन मेरे आँसुओं ने उसका मुँह बन्द कर दिया। हारकर रज़ामन्द हो गई। दूसरे दिन उसके मकान पर हमारी मुलाकात हुई।

मैंने उन्हें देखा, तो डर गई। आदमी इतनी जल्दी इतना बदल सकता है, यह मैंने कभी न सोचा था। अब न आँखों में वह शोखी थी, न होंठों पर वह हँसी थी। बरसों के बीमार मालूम होते थे। उन्होंने आते ही मुझे गले से लगा लिया और फूट-फूटकर रोने लगे। मेरा दिल भी बे-अख़्तियार हो गया। मगर मैंने अपनी आँखों को बे-अख़्तियार न होने दिया और प्यार-भरे लहज़े में कहा—"वाह! क्या शक्ल-सूरत बना रखी है!"

उन्होंने मेरी तरफ़ देखा और ठंडी आह भरकर जवाब दिया, "जहान आरा! यह सवाल मुझसे न पूछो, अपने दिल से पूछो। मुझे ख़्वाब में भी ख़याल न था कि हम इस तरह बेगाने हो जाएँगे। गज़ब खुदा का। एक ही शहर में रहें और इतने दिन मुलाकात न हो। आज शुक्र है, तुम्हारी सूरत तो नज़र आई।"

मैं—"बड़ी दिक्कतों से आई हूँ। अगर अब्बाजान को मालूम हो जाए, तो गरदन ही उड़ा दें।"

इकबाल—"बस-बस! ऐसी मनहूस बात मुँह से न निकालो। मैंने भी बाप से वादा किया है कि इधर का रुख भी न करूँगा। और देख लो, (हँसकर) वादा पूरा कर रहा हूँ।"

मैं—"तुम्हारा तो रंग-रूप ही बदल गया है। पहचाने ही नहीं जाते। कुछ बीमार हो क्या? किसी हकीम को दिखाओ, बेपरवाही ठीक नहीं। बीमारी बढ़ जाएगी तो सँभालना मुश्किल हो जाएगा।"

इकबाल—"मेरी दवा सिर्फ़ एक आदमी के पास है। मगर क्या करूँ? वह दवा देता ही नहीं है।"

मैं—"अरे! ऐसा ज़ालिम कौन है वह?"

इकबाल—"खानसाहब नासिर अली का नाम तो तुमने सुना ही होगा? वही ज़ालिम है वह।"

मैं—(शर्माकर) "जाओ! तुम तो मज़ाक करते हो। (थोड़ी देर बाद) मैं कहती हूँ, तुम्हें हो क्या गया है?"

इकबाल—"पहले अपना मुँह शीशे में देख लो, फिर मुझे कहना।"

मैं—"तुम इतनी फ़िक्र काहे को करते हो?"

इकबाल—"यही सोचता हूँ कि अब क्या होगा?"

मैं—"जो खुदा को मंज़ूर है, हो जाएगा। इस तरह रोने-धोने से हासिल खाक न होगा, सेहत भी खो बैठोगे।"

इकबाल—"जहान आरा! मुझे अपना आइंदा ज़माना बिलकुल अँधेरा दिखाई देता है। मेरे दिल में कोई कह रहा है, हमारी मुहब्बत का नतीजा अच्छा न होगा। तुम अमीर बाप की बेटी हो, मैं गरीब बाप का बेटा हूँ और समाज कहता है, गरीब और अमीर में ब्याह-शादी का रिश्ता नहीं हो सकता।"

मैं—"अगर कोई मुझसे पूछे, तो साफ़ कह दूँ कि मुझे रुपये-पैसे की परवाह नहीं, मुझे तुम्हारी परवाह है।"

इकबाल—"और तुम्हारे बाप का बस चले तो मुझे आज ही गोली से उड़ा दे और किसी अमीर से तुम्हारी शादी कर दे।"

मैं—"दुनिया अन्धी है। रुपया-पैसा देखती है, प्यार-मुहब्बत नहीं देखती। अच्छा! मुझे यह तो बताओ, क्या ये बूढ़े कभी जवान न थे, जो जवानी के दिल और दिल की बात को नहीं समझते?"

इकबाल ने बेबसी से कहा—"जहान आरा, तुम मुझसे छीनी जा रही हो। मैं सामने खड़ा अपने दिल की यह बरबादी देखता हूँ और कुछ कर नहीं सकता। जी चाहता है ज़हर खा लूँ, ताकि यह तबाही अपनी आँखों से तो न देखूँ।"

मेरे सीने में जैसे किसी ने तीर चुभो दिया, आँखों में पानी आ गया। लेकिन मैंने कहा—"तुम मर्द होकर ऐसी बातें करोगे तो मेरा क्या हाल होगा? यों जान देना बुज़दिली है, बहादुर बनो।"

उन्होंने मेरी तरफ़ हैरानी से देखा और कहा—"जहान आरा! तुम्हारा मतलब क्या है?"

मैं—"मेरा मतलब है—कमर कसो, रुपया पैदा करो, फिर देखती हूँ, हमारे रास्ते में कौन माई का लाल आकर खड़ा होता है?"

इकबाल—"मगर तुम्हारा बाप मेरा इन्तज़ार भी तो न करेगा। तुम खूबसूरत हो, तुम्हारा बाप अमीर है और दुनिया में अमीर बाप की खूबसूरत बेटी से ब्याह करने वालों की कमी नहीं।"

मैं—''मैं साफ़ कह दूँगी कि मुझे यह ब्याह मंज़ूर नहीं। कोई बाँध कर थोड़े ही कर देगा मेरा ब्याह किसी दूसरे के साथ।''

इकबाल—''तुम बड़ी भोली हो! क्या तुम समझती हो, तुम्हारा बाप यह बर्दाश्त करेगा कि वह तुम्हारा ब्याह करना चाहे और तुम लोगों के सामने इनकार कर दो? ज़रा सोचो।''

मैंने आँसू-भरी आँखों से उनकी तरफ़ देखा और पूछा—''तो क्या वह ज़बरदस्ती मेरा ब्याह कर देंगे?''

इकबाल—''अगर ज़बरदस्ती भी कर दें तो उनको कौन रोक सकता है? कोई भी नहीं। सब तुम्हारे खिलाफ़ बोलेंगे, उनके खिलाफ़ कोई भी न बोलेगा। सब लोग उनकी बात कहेंगे, तुम्हारी कोई भी बात न कहेगा।''

मैं रोने लगी। मैं चारों तरफ़ देखती थी, मगर बचाव का कोई रास्ता नज़र न आता था। इस अथाह अँधेरे में रोशनी की किरण कहाँ थी? मैंने उनकी तरफ़ देखा। वह भी रो रहे थे। मेरा रहा-सहा हौसला भी बैठ गया। मायूसी रोने के सिवाय और कर ही क्या सकती है? मैं फूट-फूटकर रोने लगी।

~

इतने में दरवाज़ा खुला और खदीजा और उसका शौहर अन्दर आए। हम दोनों घबरा गए। मैं बुर्का ओढ़कर एक कोने में दुबक गई। उनके चेहरे पर पसीना आ गया। मगर हलीम ने हमें तसल्ली देते हुए कहा—''मैं तुम्हारा खैरख़्वाह हूँ, दुश्मन नहीं हूँ। हौसला रक्खो और मेरी दो बातें सुन लो। खुदा तुम्हारी मदद करेगा।''

हमारी जान में जान आई। हलीम ने उनके कन्धे पर हाथ रखकर कहा—''रोना बेफ़ायदा है। तुम इधर रोते रह जाओगे, उधर ब्याह हो जाएगा। प्यार बच्चों का खेल नहीं, बहादुरों का मैदान है। मर्द बनो, मर्दानगी दिखाओ। कोशिश करो, चार पैसे कमाओ और साबित करो कि तुम कुछ कर सकते हो। फिर देखता हूँ, किसमें हिम्मत है कि जहान आरा की तरफ़ आँख उठाकर भी देख जाए। जहान आरा तुम्हारी है, तुम्हारी होगी।''

ना-उम्मीदी में उम्मीद का नाम भी बहुत कुछ कर देता है। मियां हलीम की बात सुनकर उनका चेहरा चमकने लगा। बोले—''क्या करके दिखाऊँ मैं?

मुझे तो कोई रास्ता नहीं सूझता। आप ही बताइए।''

हलीम ने मुस्कराकर कहा—''अमीर बाप अपनी बेटी गरीब को क्यों दे? ब्याह-शादियों के रिश्ते बराबर वालों में होते हैं। इस वक्त दो सूरतें तुम्हारी शादी की हैं—एक तो यह कि नासिर अली गरीब हो जाए और तुम्हारी सतह पर आ जाए। दूसरी यह कि तुम अमीर हो जाओ और उसकी सतह पर पहुँच जाओ। पहली सूरत तुम भी पसन्द न करोगे, दूसरी सूरत का तुम पर दारोमदार है। जहान आरा खूबसूरत है, उसके हाथ का हकदार वही हो सकता है, जो बहादुर हो और कुछ करके दिखा सके। इस हकीकत की रोशनी में जवाब दो—क्या तुममें हिम्मत है?''

उन्होंने सिर ऊँचा करके जवाब दिया—''हिम्मत तो है, मगर खतरा यह है कि कहीं खानसाहब जहान आरा का किसी से ब्याह ही न कर दें। सारी उम्र रोता रहूँ। कैसी आफत है! मैं मौका चाहता हूँ, मुझे मौका नहीं मिलता।''

हलीम—''मौका तुम्हें मैं दिला सकता हूँ।''

इकबाल—''क्या मतलब?''

हलीम—''वे मेरा कहना कभी न टालेंगे। मैं उन्हें इस बात पर रज़ामन्द कर लूँगा।''

उम्मीद के ख़याल ने उनका चेहरा रोशन कर दिया। उमंग से बोले—''कितनी मुद्दत के लिए?''

हलीम—''अब यह क्या कह सकता हूँ? दो-तीन साल से ज़्यादा न मानेंगे। तुम कितनी मोहलत चाहते हो?''

इकबाल—''तीन साल दिला दीजिए। मैं इसी बीच में कुछ-न-कुछ करके दिखा दूँगा।''

हलीम—''मगर तुमने कुछ सोचा भी है, या यों ही पागलों की तरह हवा में किले बना रहे हो? कहीं ऐसा न हो, बाद में कहो—तीन साल में होता ही क्या है? इसलिए पहले अच्छी तरह सोच लो, फिर बोलो। मैं अभी जाकर फ़ैसला किये आता हूँ।''

उनका चेहरा उम्मीद की रोशनी से रोशन था, बोले—''जो सोचना था, सोच चुका। तीन साल बहुत हैं, आदमी चाहे तो इतनी मुद्दत में पहाड़ उलट दे। आप इतनी मोहलत दिला दें तो सारी उम्र दुआएँ देता रहूँगा। समझूँगा, आपने मेरी ज़िन्दगी बचा ली।''

हलीम चला गया। थोड़ी देर बाद लौटा तो चेहरा कामयाबी की खुशी से चमक रहा था। आते ही बोला—''खान साहब बड़े जोश में थे। कुछ मानते ही न थे, पर मैंने रज़ामन्द कर लिया। कहते हैं, तीन साल तक शादी न करेंगे। उन्हें यह मंजूर है।''

खदीजा ने झुककर मेरे कान में कहा—''शीरनी खिलाकर जाना। पहला मैदान फतह हो गया।''

मैंने दोनों हाथ उसकी पीठ पर मारे और प्यार के गुस्से से कहा—''बड़ी बुरी हो तुम! मज़ाक करते शरम नहीं आती? इतना भी नहीं सोचतीं कि यह वक्त मज़ाक का नहीं है?''

हलीम—''मगर एक शर्त और भी है।''

इकबाल—''फ़रमाइए।''

हलीम—''खत-किताबत न हो सकेगी।''

इकबाल—''बड़ी टेढ़ी शर्त है। मेरा दिल न मानेगा। खत आता-जाता रहता तो हिम्मत बनी रहती, हौसला बँधा रहता, मन में उमंग भरी रहती। मगर खैर! यह भी मंजूर है।''

हलीम—''कहते हैं, अगर मेरे कान में भनक भी पड़ गई कि यह शर्त टूटी है, तो मैं जहान आरा को फ़ौरन ब्याह दूँगा।''

इकबाल—''बहुत अच्छा, न लिखेंगे। जहाँ और सदमे हैं, वहाँ एक यह भी सही।''

मगर मुझे पूरी उम्मीद थी कि वे खत लिखना कभी न बन्द करेंगे।

दूसरे दिन वे चले गए। कहाँ? यह किसी को भी मालूम न था। मुझ पर पहाड़ टूट पड़ा। अब दुनिया में मेरा कोई भी न था। यहाँ तक कि मेरे माँ-बाप भी मेरे न थे। अकेली बैठी रोया करती थी। जवानी के वे रंगीन नगमे, बहार के वे दिलनवाज़ कहकहे, न मालूम नाउम्मीदी के किस गोशे में गुम हो गए। मेरे लिए गरमी की दुपहरियाँ और सरदी की रातें थीं, जो काटे नहीं कटतीं। इसके सिवा मेरे लिए और कुछ भी न था। इस उम्र में लड़कियों को कितनी खुशियाँ होती हैं! मुझे एक भी न थी। अक्सर सोचा करती—'वे कहाँ होंगे? क्या करते होंगे? इस लम्बी-चौड़ी दुनिया में उनका अपना कौन है? कब लौटेंगे? और किस हालत में लौटेंगे?' अपने प्यारों के बारे में हमारे दिल में बुरे-बुरे ख़याल आया करते हैं। मेरे दिल में ख़याल आता, परदेस

में बीमार न हो जाएँ। कौन इलाज करेगा? कौन दवा देगा? कौन देखभाल करेगा? बेपरवाह हैं, अपना ख़याल ही नहीं किया करते। फिर क्या होगा? इसके आगे मैं न सोच सकती। नाउम्मीदी के अँधेरे में ख़याल की आँखें भी नहीं देख सकतीं। मायूसी के ऊबड़-खाबड़ रास्तों पर हिम्मत के पाँव भी नहीं बढ़ सकते।

इसी तरह फ़िक्र चिन्ता के छह महीने बीत गए, मगर उनका कोई खत न आया। न मालूम हुआ कि कहाँ हैं और क्या करते हैं। उनके माँ-बाप भी रोया करते थे। मगर मैं तो पागल-सी हो गई थी। हर रोज़ सोचती थी, आज खत आएगा। मगर दिन गुज़र जाता, कोई खत न आता और मैं मायूस होकर रोने बैठ जाती। खदीजा कहती थी, ''तू तो पागल हो गई है। अगर चिट्ठी न आई तो क्या हुआ? तुझे भूल थोड़ी गया है। सोचता होगा, चिट्ठी पकड़ी गई तो सारी मेहनत पर पानी फिर जाएगा।'' मगर इन बातों से मुझे तसल्ली न होती थी। अन्दर-ही-अन्दर घुलने लगी।

यरकान की तरह इश्क भी छिपा नहीं रहता। उसका भी रंग बोलता है। मेरी हालत भी किसी से छिपी न थी। माँ-बाप दोनों देखते थे और कुढ़ते थे, पर मुझसे कुछ कहते न थे। शायद डरते थे कि कुछ कहा तो सामने बोलने लगेगी। जवान लड़की है, कहीं आँखों का पानी न मर जाय। वे चुप थे, मगर गाफ़िल न थे। एक दिन मालूम हुआ, मेरे निकाह का फ़ैसला हो गया है। कोई बड़े इंजीनियर हैं, उनके साथ। मैं सन्नाटे में आ गई! मुझे यह गुमान भी न था कि मेरे माँ-बाप मुझसे दगा करेंगे। मैं चारपाई पर लेट गई और फूट-फूटकर रोने लगी।

लेकिन रोने से क्या होता था? मैं दौड़ी-दौड़ी खदीजा के घर गई और उससे बोली—''देखती हो, यह क्या अंधेर होने वाला है? वे कहीं दुनिया के धक्के खाते-फिरते होंगे, यहाँ निकाह की तैयारियाँ हो रही हैं! तीन साल का इकरार किया था, अभी छह महीने ही गुज़रे हैं। आख़िर इस दगा के क्या माने?''

खदीजा ने ठंडी आह भरकर सिर झुका लिया।

मेरी आँखों से आग के शरारे निकलने लगे, तिलमिलाकर बोली—''तो क्या तुम बिलकुल ही चुप रहोगी? जाकर अपने शौहर से कहो, अब्बाजान से मिलें और यह फितना यहीं दबा दें। वर्ना बात बढ़ गई, तो फिर बहुत मुश्किल हो जाएगी।''

खदीजा ने मेरी तरफ़ देखा और कहा—“उन्होंने सब-कुछ कहा है, मगर तुम्हारा बाप नहीं मानता। कहता है, मैंने इकरार न किया था, उसे टाला था। अब यह मौका मिला है, इसे न खोऊँगा।”

मैं तीर की तरह तनकर खड़ी हो गई और बोली—“तो अब मुझे ही बोलना पड़ेगा। निकाह के वक्त मुँह फाड़कर कह दूँगी, मुझे यह रिश्ता मंज़ूर नहीं। समझते होंगे, लड़की है क्या कर लेगी? यह मालूम नहीं, मुहब्बत और गुस्सा सब-कुछ कर सकते हैं! किसी को मुँह दिखाने के काबिल न रहेंगे। सारे शहर में बदनाम हो जायेंगे। सारी इज़्ज़त और दौलत धरी रह जाएगी।”

मगर कहने और करने में बड़ा फ़र्क है। मुझसे कुछ भी न हो सका। वह नाज़ुक वक्त आया और गुज़र गया और मेरी ज़बान न खुल सकी। न किसी ने कुछ सुना—न कोई बदनाम हुआ। मेरा निकाह हो गया।

हसन इकबाल

मैं कलकत्ता पहुँचा, उस वक्त तक मैंने ज़रा भी न सोचा था कि वहाँ जाकर क्या करूँगा। सोचता था, 'पहले कलकत्ता पहुँच लें, फिर देखेंगे, क्या होता है। इतना बड़ा शहर है, क्या मेरे ही नसीबों को आग लगी है?' मैं नहीं कह सकता, इसकी वजह क्या थी? मगर मेरा दिल उम्मीदों से भरा था। मुझे यकीन था कि मैं कामयाबी के रास्ते पर चल रहा हूँ। पर कलकत्ता पहुँचकर दिल बैठ गया। ख़याल आया—इस पुर-रौनक शहर में सभी बेगाने हैं, अपना कोई भी नहीं।

मैं सारा दिन शहर में घूमता रहा, पर बिजलियों और रोशनियों के इस बड़े शहर में मेरे लिए अंधेरे के सिवाय कहीं जगह न थी। यहाँ तक कि रात के नौ बज गए। अब मैं घबराने लगा कि कहाँ जाऊँगा? रात को कहाँ रहूँगा? मेरा दिमाग काम न करता था। परदेश में सबसे परेशानी की चीज़ रात होती है, खासकर एक बे-दर, बे-घर के लिए, जिसे पड़े रहने को भी ठिकाना न हो। दिन इधर-उधर चल-फिरकर भी गुज़र जाता है, मगर रात कैसे कटे? मैंने जेब में हाथ डाला, सिर्फ़ पौने दो रुपए थे। और यह वह पूँजी थी, जिसके बल-बूते पर मैं कलकत्ता के बाज़ारों में कामयाबी जीतने आया था। किसी होटल में इन पैसों से एक रात के लिए भी जगह न मिल सकी। मैं इधर-उधर फिरने लगा।

यकायक मेरे हाथ पर किसी ने एक इश्तिहार रख दिया। मैंने एक दुकान के सामने खड़े होकर देखा, खापरडे-सरकस-कम्पनी का इश्तिहार था, जिसमें एक एक्टर शेरों को खुला छोड़ उनके साथ खेलने वाला था। मैं परेशान था। मेरे पास खाने-पीने को सिवा गम के कुछ न था। लेकिन खुशी की ख़्वाहिश आदमी को हमेशा रहती है। मैं सरकस देखने चला गया। कल क्या होगा, यह ख़याल न था, ख़याल यह था कि इस वक्त तमाशा देख लो।

यह कम्पनी बड़ी भारी कम्पनी थी। बन्दरों, रीछों, कुत्तों, घोड़ों, हाथियों के तमाशे देखकर लोग वाह-वाह करते थे! मगर जब एक नौजवान मराठा खूँख्वार और वहशी शेरों को खुला छोड़कर उनके साथ खेलने लगा तो तमाम तमाशाइयों के रोंगटे खड़े हो गए। शेर गुर्राते थे और नौजवान मुस्करा-मुस्करा कर उन्हें छेड़ता था और तुर्रा यह कि नौजवान के पास सिवा धीरज के और कोई हथियार न था। देखते-देखते नौजवान ने अपना सिर एक शेर के मुँह में दे दिया। लोगों के दम रुक गए। चारों तरफ़ सन्नाटा छाया हुआ था। किसी तरफ़ से भी आवाज़ सुनाई न देती थी। यह जिस्म की चुस्ती-चालाकी का तमाशा न था, मौत और ज़िन्दगी का तमाशा था। लोग समझते थे, शेर चबा जाएगा। मगर शेर ने उसे ज़रा भी नुकसान न पहुँचाया। ज़िन्दगी मौत के मुँह में गई, वहाँ कुछ देर ठहरी, कुछ देर खेली, और बचकर वापस लौट आई। नौजवान ने शेरों को इशारा किया, वे पालतू कुत्तों की तरह पिंजरे में दाखिल हो गए। नौजवान ने झुककर लोगों को सलाम किया और अन्दर चला गया। लोगों ने तालियों से आसमान सिर पर उठा लिया।

अब सबकी ज़बान पर उसी का ज़िक्र था। लोग कहते थे, टिकट के दाम वसूल हो गए। वाह-वाह! कैसा दिलेर है? शेर के मुँह में सिर दे दिया। एक पुराने ख़याल का आदमी बोला—"सब जादू का खेल है, शेर-वेर कुछ भी न थे, ख़याली तसवीरें थीं। इसी को नज़रबन्दी का तमाशा कहते हैं।" दूसरे ने कहा—"जादू न था; मगर ये शेर भी न थे, शेर की खाल में आदमी थे।" तीसरा बोला—"वाह जनाब! आदमी हों, तो इतनी तनख़्वाह कौन दे? कुछ मालूम भी है? इसकी तनख्वाह तीन हज़ार है, तीन हज़ार! आज नौकरी छोड़ दे, कल कम्पनी में उल्लू बोलने लगें। कुत्तों और बिल्लियों के तमाशे कौन देखने आता है? सब इसकी दिलावरी देखने आते हैं।" गर्जें कि जितने मुँह थे, उतनी बातें थीं।

तमाशा खत्म हुआ तो मैं भी लोगों के साथ बाहर निकला। पर अब मैं वह मायूस परदेसी न था। मुझे नौजवान मराठे ने कामयाबी की राह दिखा दी थी। ख़याल आया, रुपया कमाने का यही तरीका है। आदमी जान की परवाह न करे तो दौलत पैरों में लोटती है। और दौलत आती है तो शोहरत को साथ लाती है। लोग अपने-अपने घरों को चले गए। मगर मैं कहाँ जाता? मेरा कोई घर न था। मैंने सरकस के गिर्द फिर-फिरकर रात गुज़ार दी और सुबह के वक्त नौजवान मराठे से मिलने चला।

उसने मेरी कहानी बड़े गौर से सुनी और फिर मुस्कराकर कहा—''मेरी भी यही कहानी है। लड़की सुन्दर थी और उसका पिता अमीर था। परन्तु मैंने प्रतिज्ञा की, मैं रुपया कमाऊँगा, और मैंने कमाकर दिखा दिया। अब वह मेरी स्त्री है। और हम दोनों खुश हैं।''

मैंने कहा—''मैं परदेशी हूँ। मेरा यहाँ सिवा खुदा के और कोई नहीं। अगर आप मदद करें, तो शायद मुझे भी कामयाबी मिल जाए। वर्ना मैंने यही फ़ैसला किया है कि हुगली में डूब मरूँ। नाकामी से मौत भली।''

मराठा मेरी बात काटकर बोला—''भगवान् पर भरोसा रखो! वह सब कुछ कर देगा। परन्तु एक बात दिल में बाँध लो। रुपया कमाना आसान नहीं। जोखिम में पड़ना होगा।''

मैं—''मैं आग में कूदने को भी तैयार हूँ।''

मराठा—''तुमने देखा, मैं शेर के मुँह में जाता हूँ, तब जाकर रुपया मिलता है।''

मैं—''खूब देखा। देखकर रोंगटे खड़े हो जाते हैं।''

मराठा—''लोग तनख़्वाह देखते हैं, काम नहीं देखते हैं। शेर का नाम सुनकर मौत की तस्वीर सामने आ जाती है। मैं उसके मुँह में सिर दे देता हूँ। यह आसान नहीं है।''

मैं—''मैं सुनकर भी यकीन न करता कि आदमी यह भी कर सकता है। मगर अब तो आँखों से देख लिया।''

मराठा—''मगर मेरी स्त्री कहती है, अब यह धन्धा छोड़ दो। शेर फिर भी शेर है, राम जाने किस समय आँखें बदल ले। स्त्री है, डर जाती है। बड़ी कठिनाई से आता हूँ। मगर अब ज़्यादा दिन यह काम न कर सकूँगा। मुझे डर है, कहीं कम्पनी को नुकसान न पहुँच जाए। इसलिए मैं चाहता हूँ कि कोई

मनचला मुझसे यह विद्या सीख ले। मगर जान हर एक को प्यारी है, सब कानों पर हाथ रखते हैं। कोई आगे नहीं बढ़ता।''

मैं—''मैं तैयार हूँ। मुझे जान प्यारी नहीं है। अगर होती तो आपके पास न आता। यह इल्म सीखने की ख़्वाहिश न करता; बढ़-बढ़कर बातें न बनाता। मुझे आज़माकर देखिए।''

मराठा—''तुम ज़रूर सीख लोगे। प्यार बुरा होता है। जो आदमी से कभी न हो, वह प्यार में हो जाता है।''

मैं—''मैं आपकी जान को सारी उम्र दुआएँ देता रहूँगा।''

मराठा—''मुझे अब दुआओं की भी चाह नहीं। बहुत ले चुका और लेकर क्या करूँगा? अब तुम आगे आओ, दौलत और शोहरत कमाओ। मुझे खुशी होगी।''

मेरी खुशी का ठिकाना न था। कामयाबी की ज़मीन बहुत करीब, बिलकुल पास दिखाई देती थी। कैसे अच्छे वक्त पर घर से निकला था, आते ही काम बन गया! मैंने मराठे की शागिर्दी कर ली।

छह महीने बाद कम्पनी में मेरे नाम के डंके बजने लगे। कम्पनी वही थी, कम्पनी की शोहरत वही थी, सिर्फ़ शेरों का पहलवान बदल गया था। पहले मराठा नौजवान था, अब पंजाबी मुसलमान था। इश्तिहार निकलते—प्रोफ़ेसर इकबाल की जांबाज़ी के लासानी करतब जिसने न देखे, उसने कुछ न देखा। मैं यह पढ़ता था और खुश होता था। कामयाबी अपने खुले दरवाज़ों के साथ मुझे सामने दिखाई देती थी।

मैं वही था, जो आज से छह महीने पहले शेरों का यही तमाशा देखकर दंग रह गया था। आज खुद मुझे देखकर लोग तालियाँ पीटते थे। जब मैं अपनी चमकीली वर्दी पहनकर शेरों के सामने जाता था तो लोग मुझे हैरानी और अदब से देखते थे। कई दफ़ा मुझे अन्देशा होता था कि शायद आज रात मेरा आखिरी तमाशा हो। अगर शेर ने ज़रा भी मुँह दबा लिया, तो क्या होगा? मैं सहम जाता था। मेरी रगों का खून सर्द हो जाता था। मेरा दिल मौत के खौफ़ से काँप उठता था। मैं चाहता था, नौकरी छोड़ दूँ और घर लौट जाऊँ। मगर जहान आरा की मुहब्बत गिरे हुए हौसले सँभाल लेती थी। दुनिया में हुस्न और इश्क कितना काम करते हैं, इसका अन्दाज़ा लगाना भी आसान नहीं। मैं काम करता रहा, रुपया कमाता रहा, अपनी खुशी के करीब पहुँचता रहा।

इस बीच में हमारी कम्पनी कई रियासतों में भी गई। वहाँ मुझे राजाओं-महाराजों से बड़ी-बड़ी रकमें मिलीं। महाराजा सतगढ़ ने दस हज़ार दिया, महाराज सिकंधीर ने आठ हज़ार। मेरी तनख़्वाह इसके अलावा थी। मगर मैं खर्च न करता था, बचाता था। यह रुपया मेरे लिए न था, मेरी जहान आरा के लिए था, जिसका बाप चाँदी का भूखा था। जो ब्याह के लिए चाँदी-सोने को ज़रूरी समझता था।

खुदा-खुदा करके दो साल खत्म हुए और मैं अस्सी हज़ार के करीब रुपया लेकर अपने वतन को रवाना हुआ। इस वक्त मेरे पाँव ज़मीन पर न पड़ते थे। मैं उम्मीदों के आसमान में उड़ा चला जाता था। मैंने हलीम को सब-कुछ लिख दिया था। सोचता था, 'शहर के लोग सुनेंगे तो हैरान रह जाएँगे। और जहान आरा की तो जान-में-जान आ जाएगी।' मेरे आने का हाल सुनेगी, तो उछल पड़ेगी। पता नहीं जुदाई का यह ज़माना गरीब दुखिया ने कैसे गुज़ारा है? रो-रोकर आधी भी न रही होगी। चेहरे का रंग बदल गया होगा। पर अब खुश हो जाएगी। जाकर हलीम से कहूँगा, उसके बाप से कहे—"इकबाल कुछ बन गया है। अब आपको क्या एतराज़ है?"

फ्रण्टियर-मेल अपनी पूरी रफ़्तार से उड़ी चली जाती थी; मगर मैं बार-बार झुँझला उठता था कि गाड़ी जल्द-से-जल्द रावलपिंडी क्यों नहीं पहुँच जाती। मैं चाहता था, यह तमाम फ़ासला एक मिनट में तय हो जाए। इन्तज़ार की आखिरी घड़ियाँ लम्बी होती हैं। उनका गुज़रना मुश्किल हो जाता है। लेकिन वक्त ने किसी की परवाह कब की है? गाड़ी अपनी रफ़्तार से चलती रही।

आख़िर रावलपिंडी का स्टेशन आ गया। मैं गाड़ी से बाहर निकला। स्टेशन पर कोई भी न था। न हलीम, न कोई और। मैं स्टेशन से बाहर आया और टैक्सी लेकर घर पहुँचा। इस वक्त मेरे दिल की जो कैफ़ियत थी, उसे बयान नहीं किया जा सकता। मेरे माँ-बाप को बेहद खुशी हुई। माँ बार-बार मेरी बलाएँ लेती थी और पूछती थी—"बेटा! तूने हमें एक खत भी न लिखा। मैं तो रो-रोकर अन्धी हो गई।" मैं हँसता था और कहता था—"माँ! मैंने अस्सी हज़ार रुपया कमा लिया है। अब मैं अमीर हो गया हूँ, तू अमीर की माँ है।"

मेरे बाप की आँखें खुशी से चमकने लगीं, मेरे सिर पर हाथ फेरकर बोला—"नासिर अली कहता था, परदेस गया है तो क्या हो जाएगा? क्या परदेस में धन बरसता है, जो उठा लाएगा।"

मैं—"हाँ! बरसता ही है, वर्ना मैं इतना रुपया कहाँ से उठा लाता?"

माँ—"मगर बेटा, तू शेर के मुँह में सिर कैसे देता था? क्या तुझे माँ का ख़याल न आता था?"

मैं—"शेर सधे हुए थे।"

बाप—"पर शेर तो थे। शेरों का क्या एतबार?"

माँ—"मैं तुम्हें अब न जाने दूँगी। मुझे रुपये की ज़रूरत नहीं। मुझे तुम्हारी ज़रूरत है।"

मैं—"मेरा अपना भी इरादा अब जाने का नहीं है। हाँ, खान साहब का क्या हाल है आजकल?"

बाप—"मेरे सामने उसका नाम न लो। वह पूरा बेईमान है!"

मेरे दिल में यकायक अन्देशा पैदा हुआ। क्या कहीं...मेरा दिमाग खौलने लगा। शाम का वक्त था, अंधेरे में मेरी माँ ने मेरे चेहरे की कैफ़ियत न देखी, और बोली—"उसने इकरार करके पूरा न किया, और तुम्हारे जाने के छह माह बाद बेटी का ब्याह कर दिया। तेरे दोस्त हलीम ने बहुत समझाया। हमने भी बहुत कुछ कहा। मगर उसने एक न सुनी।"

मेरा सर घूमने लगा। आँखों के सामने शाम के वक्त आधी रात का अँधेरा छा गया। अब मेरे लिए दुनिया में कोई दिलचस्पी, कोई रंगीनी, कोई उम्मीद न थी। मैं कैसा बदकिस्मत था! मैंने बाज़ी जीतकर हार दी! मुझे नासिर अली पर गुस्सा था; मगर इससे भी ज़्यादा गुस्सा जहान आरा पर था। मैंने सर्द आह भरी और पूछा—"जहान आरा का क्या हाल है?"

मेरे वालिद साहब बाहर चले गए।

माँ—"उस बदनसीब का हाल क्या बताऊँ! जब तक ब्याही रही, उसके होंठों पर किसी ने हँसी नहीं देखी। हर घड़ी रोती रहती थी। आखिर आज उसके दुखों का खात्मा हो गया। मुहल्ले के लोग और हलीम उसी के जनाज़े के साथ गए हैं।"

मैं जहाँ बैठा था, वहीं बैठा रह गया। पहले बाज़ी हारी थी, अब उम्मीद भी हार गया। मेरे मुँह से कोई आवाज़ न निकली, न आँख से पानी निकला। मगर दिल में आग लग गई। मैं थोड़ी देर चुपचाप बैठा रहा, इसके बाद जोश से उठ खड़ा हुआ। माँ की ममता रोकती ही रह गई; मगर मेरे पागलपन के कान न थे। थोड़ी देर बाद मैं कब्रिस्तान में जहान आरा की कब्र उखाड़ रहा

था। अब मैं खुद नहीं बता सकता कि उस वक्त मेरे सर पर कौन-सा भूत सवार था; न मुझे मालूम था कि मैं क्या कर रहा हूँ? दीन-दुनिया से बेखबर, मज़हब के कानून से बेपरवाह, रात के अँधेरे में एक पागल कब्र खोद रहा था और उसे देखने वाला सिवाय आसमान के तारों, और ज़मीन के दरख़्तों के और कोई न था।

मैंने लाश बाहर निकाली और उसका मुँह चूमकर कहा—''ज़हान आरा! बता, तूने यह बेवफ़ाई क्यों की? तूने तो मुझसे वादा किया था कि तू मेरा रास्ता देखेगी? अब वह प्यार-मुहब्बत के कौल-करार क्या हुए? देख! तेरा प्यारा इकबाल रुपया कमाकर लाया है। मगर तू यहाँ अँधेरे में आ लेटी है। चलकर अपने लोभी बाप से कह, मेरा रुपया देखे और तुझे मुझसे ब्याह दे। मैं अस्सी हज़ार लाया हूँ। और अस्सी हज़ार थोड़ा नहीं होता।''

यकायक मुझे लाश में हरकत-सी मालूम हुई। मैंने सीने पर हाथ रखकर देखा, वह गर्म थी, नब्ज़ टटोली, वह चल रही थी। मैं डर गया। मौत से पागल भी डरता है। मैंने लाश को ज़मीन पर रख दिया और आप दूर भाग गया। सरकस-कम्पनी में शेर के साथ हँस-हँसकर खेलने वाला बहादुर इस वक्त एक औरत की लाश से डर रहा था। हम ज़िन्दों की बनिस्बत मुर्दों से कहीं ज़्यादा डरते हैं।

इतने में जैसे अँधेरे में बिजली कौंध गई। ख़याल आया, मुमकिन है, इसके दिल की हरकत थोड़ी देर के लिए बन्द हो गई हो, मरी न हो, और अब फिर वह हरकत शुरू हो गई हो। हिकमत की किताब में ऐसे बीमारों का ज़िक्र आया है। अब मेरी खुशी का ठिकाना न था। मैंने जल्दी से आगे बढ़कर जहान आरा को गोद में उठाया और सड़क पर आकर खड़ा हो गया। इतने में उधर से एक टैक्सी गुज़री। मेरी मुश्किल हल हो गई। चन्द दिन के बाद मैंने दस हज़ार रुपया वालिद को भेज दिया और बाकी रुपया और जहान आरा को लेकर काबुल चला गया।

राहत हुसैन

जहान आरा की मौत एक ऐसा दिल-खराश वाकया है, जिसने मेरी ज़िन्दगी तबाह कर दी है। दुनिया में सब-कुछ है, मगर मेरे लिए कुछ भी नहीं है। हर घड़ी उसी का हसीन चेहरा आँखों में फिरा करता है। क्या खबर थी कि मौत

का फ़रिश्ता इतनी जल्दी उसकी ज़िन्दगी पर छापा मार लेगा। सुबह दफ़्तर गया, तो बिलकुल तन्दुरुस्त थी; शाम को लौटा तो घर में वह न थी, उसकी लाश थी। इतना भी तो न हुआ कि मरते वक्त दो बातें ही कर लूँ, या इलाज और खिदमत करके दिल की हसरत ही निकाल लूँ। पहले ख़याल नहीं आया, मगर अब मालूम होता है कि उसके दिल में कोई गम था। हर वक्त सहमी-सहमी रहती थी, लेकिन मेरे सामने अपना गम उसने कभी ज़ाहिर नहीं किया। ऐसी शरीफ़, ऐसी नेकनीयत, खूबसूरत औरत कहाँ पाऊँगा? जब याद आती है, दिल से हूक उठती है, और आँखों में आँसू आ जाते हैं। जी हर वक्त रोता रहता है। अलबत्ता, उसकी बेटी इसमत आरा को देखकर दिल बहल जाता है। वह न सही, उसकी निशानी ही सही। यही गनीमत है।

1920 का साल हिन्दुस्तान की तारीख में खास साल है। यह वह साल है, जब हिन्दुस्तान के मुसलमानों में हिजरत की तहरीक शुरू हुई। हज़ारों मुसलमान अपना वतन छोड़ कर अफ़गानिस्तान चले गए। मैं पहले ही रंजीदा था, नौकरी छोड़ दी और हिजरत की तैयारियाँ करने लगा। खान साहब को मुझसे बहुत मुहब्बत हो गई थी। मेरा इरादा सुनकर उनके होश उड़ गए। कई दिन तक समझाते रहे कि यह जोश सोडावाटर का उबाल है। तुम्हें क्या हो गया? भले-चंगे बैठे हो, बैठे रहो, यहाँ अच्छी नौकरी है, कमाते हो, खाते हो, ऐश करते हो। अफ़गानिस्तान नई जगह, नए हालात, नए आदमी! खुदा जाने वहाँ कैसी पटे कैसी न पटे? दाना आदमी ऐसी गलती कभी नहीं करते। बुढ़ापे में जहान आरा की मौत ने कमर तोड़ दी है, और कोई लड़का है न लड़की। अब तुम भी छोड़ जाओगे, तो हम बे-मौत मर जाएँगे। और कुछ नहीं तो इसमत आरा ही का ख़याल करो। माँ की मौत से पहले ही उदास रहती है, परदेस में जाकर और भी उदास हो जायगी। परदेस में चारों तरफ़ देखेगी और रोएगी।

मगर जब मेरे इरादे में ज़रा फ़र्क न आया, तो हारकर वह भी तैयार हो गए। शहर में शोर मच गया। लोग हैरान रह गए। उनको कभी ख़याल भी न हो सकता था कि खान साहब जैसा आदमी भी हिजरत-जैसी तहरीक में शरीक हो जायेगा। मगर असली राज़ की किसी को भी खबर न थी। रुपयों का माल कौड़ियों में निकल गया; पर हमने परवाह न की और काबुल जा बसे। वहाँ सैकड़ों हिन्दुस्तानी थे। उनको उम्मीद थी कि हुकूमत उन्हें

सिर-आँखों पर उठा लेगी। और हुकूमत ने उनकी मेहमान-नवाज़ी की भी। मगर उनका इत्मीनान न हुआ। अलबत्ता हमारे साथ खास सुलूक रखा गया। दौलत घर में भी काम आती है, बाहर भी। गरीबों को कोई कहीं भी नहीं पूछता। वे घर में भी रोते हैं, बाहर भी रोते हैं।

वहाँ रहते हुए अभी तीन या चार ही महीने गुज़रे थे कि एक दिन कुदरत का हैरतअंगेज़ करिश्मा देखने में आया। शाम हो गई थी। मैं इसमत आरा के लिए मिठाई और खिलौने लिये घर को लौट रहा था कि एक मकान की खिड़की में एक चेहरा दिखाई दिया। मैं चौंक पड़ा। मेरे बदन का बाल-बाल काँप गया—यह जहान आरा का चेहरा था; वही रंग, वही आँखें, वही नक्श-निगार। उसने मुझे देखा और फ़ौरन ही पीछे हट गई। मगर मेरे पाँव वहीं गड़ गए। दिमाग मानता न था, अक्ल तस्लीम न करती थी। वह मर चुकी थी, मेरे सामने दफ़न हुई, मैंने अपने हाथ से मिट्टी दी। रावलपिंडी में आज भी उसकी लाश पर पक्की कब्र बनी है और यह इस जगह ज़िन्दा मौजूद है! नहीं, मुझे धोखा हुआ है। यह मेरी अक्ल का फ़तूर है। यह मेरी आँख का कुसूर है। यह वह न होगी, उसी के जैसी कोई दूसरी औरत होगी। मैं घर लौट गया। मगर इस बात का ख़याल दिल से न उतरा। सारी रात परेशान रहा, ज़रा नींद न आई। बार-बार वही खिड़की नज़र आती थी। बार-बार वही चेहरा दिखाई देता था और मैं चकरा जाता था।

दूसरे दिन मैं फिर उधर से गुज़रा; लेकिन आज झरोखा बन्द था। मैंने कई चक्कर काटे, मगर झरोखा एक बार भी न खुला। मेरा शुबहा बढ़ने लगा। शायद सचमुच मेरा शुबहा ठीक हो। शायद सचमुच यह जहान आरा ही हो, जभी मुझे देखकर चौंक पड़ी थी। उसका रंग बदल गया था। उसके मुँह से, याद आता है, हल्की-सी चीख भी निकल गई थी। कपड़े भी पंजाबियों के-से थे, अफ़गानों के-से न थे। फिर ख़याल आता, तेरा दिमाग चल गया है, वर्ना तुझे यह ख़याल कभी न आता। मुहब्बत ने तेरी निगाहों को धोखा दे दिया है! जहान आरा तेरे घर में मरी, तेरे सामने मरी, जनाज़ा उठा, दफ़न हुई, कब्र बनी और आज तू कहता है, वह ज़िन्दा है और तूने उसे देखा है। यह दीवानगी नहीं, तो और क्या है? दिमाग का इलाज कर!

चन्द दिन इसी कशमकश में गुज़रे! इसके बाद एक दिन फिर वह झरोखा खुला और मैंने उसे देखा। वह शायद किसी की राह देख रही थी। उसे मालूम

न था कि कोई उसे देख रहा है। मैं उसे जितना देखता था, मेरा शक उतना ही बढ़ता जाता था। यकायक उसकी आँखें मेरी तरफ़ उठ गईं। डर, हैरानी और शर्मिंदगी की एक लहर-सी पैदा हुई, और वह बिजली की तेज़ी से पीछे हट गई। अब मुझे यकीन हो गया कि यह वही है, कोई दूसरी नहीं। मगर फिर भी ज़रूरी था कि मैं अपने यकीन की तसदीक करूँ। चुनांचे मैं एक दूकानदार के पास गया; और उससे पूछा—"क्यों बिरादर! यह मकान किसका है?"

दूकानदार ने मुझे सिर से पाँव तक देखा और फिर कहा—"तेरा हिन्दुस्तानी भाई है, रावलपिंडी का रहने वाला। मुहम्मद इकबाल या हसन इकबाल कुछ इसी तरह का नाम है।"

~

मेरा कलेजा धक-धक करने लगा।

अब शक की ज़रा भी गुंजायश न थी। मैंने उसी वक्त जाकर खान साहब से कहा—"एक अजीब खबर सुनाऊँ? ऐसी खबर किसी ने आज तक न सुनी होगी।"

खान साहब—"ज़रूर सुनाओ।"

मैं—"आप हैरान रह जायेंगे।"

खान साहब—"ऐसी खबर है वह? तो ज़रूर सुनाओ। मैं हैरान होना चाहता हूँ।"

मैं—"आप यकीन ही न करेंगे। आप कहेंगे, तुम पागल हो गए। आप कहेंगे, तुम्हारी अक्ल मारी गई है।"

खान साहब—"अच्छा! तो तारीफ़ रहने दो। पहले खबर सुनाओ। मैं खबर सुनना चाहता हूँ।"

मैं—"मुझे अन्देशा है, आप यकीन न करेंगे।"

खान साहब—"अरे भाई! बात क्या है? कुछ कहोगे भी या दीबाचा ही लिये जाओगे?"

मैंने रुक-रुक कर कहा—"जहान आरा ज़िन्दा है।"

खान साहब चौंककर खड़े हो गए। उनको यकीन हो गया कि मैं पागल हो चुका हूँ। मेरी तरफ़ आँखें फाड़-फाड़कर देखने लगे।

मैं—''ख़ुदाए-बरतर की कसम! मैंने उसे अपनी आँखों से देखा है। आदमी कानों सुनी बात पर शक कर सकता है, मगर आँखों देखी बात पर कैसे शक करे?''

खान साहब—''अरे मियाँ! मुर्दे कयामत से पहले कभी नहीं उठते। फिर जहान आरा कैसे जी उठी?''

मैं—''मैं यह कुछ नहीं जानता। मैं तो यह जानता हूँ कि वह ज़िन्दा है और मेरी आँखों ने उसे दिन की रोशनी में देखा है।''

खान साहब—''मालूम होता है, तुम्हारा सिर फिर गया है।''

मैं—''अगर आप देख लें तो आपका सिर भी फिर जाय। आप भी वही कहने लगें, जो मैं कह रहा हूँ।''

खान साहब—''मैंने अपने हाथ से दफ़न किया, तुम्हारी बात कैसे मान लूँ? तुमने ख़्वाब तो नहीं देखा है? कहाँ से आ रहे हो?''

मैं—''बाज़ार से आ रहा हूँ। आप ज़रा मेरी आँखें देखिए। मैं पागल नहीं हूँ।''

खान साहब—''मगर तुम्हारी बातें पागलों से भी बढ़कर हैं। जानते हो क्या कह रहे हो?''

मैं—''खूब जानता हूँ।''

खान साहब—''क्या जानते हो?''

मैं—''यह कि जहान आरा ज़िन्दा है, और उसे मैंने अपनी इन दोनों आँखों से, अभी आधा घण्टा नहीं गुज़रा, देखा है। रावलपिंडी के किसी मुहम्मद इकबाल या हसन इकबाल के पास है।''

खान साहब चौंक पड़े—''हसन इकबाल! वही हमारे पड़ोसी रहीम बख्श का बेटा तो नहीं?''

मैं—''यह खुदा जाने! नाम कुछ ऐसा ही है।''

खान साहब किसी गहरे ख़याल में गर्क हो गए। मैंने कहा—''मेरी राय में वह मरी न थी, यह गहरी चाल थी। क्या अजब है, उसे कोई दवा देकर बेहोश कर दिया गया हो और दफ़न होने के बाद फ़ौरन खोदकर निकाल लिया गया हो। वर्ना वह ज़िन्दा होकर यहाँ कैसे आ जाती? ज़रा सोच कर कहिए।''

खान साहब—''यह तो अलिफ लैला के किस्सों की-सी बात हो गई। मगर मुझे अब भी यकीन नहीं आता। वह जहान आरा न होगी, कोई वैसी ही

शक्ल की दूसरी औरत होगी। तुमने दूर से देखा है। दूर से धोखा लग जाता है।''

मैं—''अपने दूर से भी पहचाने जाते हैं। मुझे इसमें ज़रा भी शुबहा नहीं। एक दिन पहले भी देखा था। उस दिन शक हुआ था। मगर आज तो पूरा यकीन हो गया। आख़िर उसके चेहरे का रंग क्यों उड़ गया? ज़रूर वही है, और कोई नहीं है।''

खान साहब—(सोच-सोचकर) ''बड़े ही त-अज्जुब का मामला है! जितना सोचता हूँ, उतनी हैरानी बढ़ती है।''

मैं—''अब आपकी क्या राय है?''

खान साहब—''मैं क्या कहूँ मियाँ? मेरी तो अक्ल काम नहीं करती। तुम्हारी जो मरज़ी हो, करो। मैं सिर्फ़ यह कहूँगा, कि जहान आरा ऐसी लड़की न थी कि ऐसी हरकतें करे।''

मैं—''काज़ी साहब के पास जाऊँ? जैसा कहेंगे, वैसा करूँगा।''

खान साहब ने ठंडी आह भरी और हवा में देखने लगे।

~

मैं भागा-भागा काज़ी साहब के मकान पर पहुँचा। बहुत हमदर्दी से पेश आए। अपने यहाँ के काज़ियों में ऐसी मुहब्बत और खुलूसदिली मैंने कम देखी है। मेरा किस्सा सुनकर उन्हें भी हैरानी हुई। बहुत सोचते रहे, इसके बाद बोले—''इज़्ज़त का सवाल है, मैं नहीं चाहता कि यह मुकदमा खुली अदालत में पेश हो। बड़ी बदनामी होगी। अगर चाहो तो घर पर बुलाकर फ़ैसला कर दिया जाय। तुम्हारी क्या राय है?''

मैंने सिर झुकाकर जवाब दिया—''आपका ख़याल बेजा है। आप सबको अपने ही मकान पर बुला लें।''

काज़ी साहब ने पहले खान साहब और उनकी बीवी को बुलाकर एक कमरे में बिठा दिया। इसके बाद हसन इकबाल और उसकी बीवी के पास आदमी भेजा। मैं उम्मीद और ना-उम्मीदी के बीच में लटकने लगा।

थोड़ी देर बाद दोनों आ गए। हसन इकबाल निहायत खूबसूरत नौजवान था। चेहरे से शराफ़त टपकती थी। उस पर किसी साज़िश का गुमान भी न होता था। उसने बड़े तपाक से पहले काज़ी साहब को, फिर मुझे सलाम

किया और बैठ गया। औरत बुर्का ओढ़े हुए थी। वह सिमटकर एक कोने में बैठ गई। काज़ी साहब ने मेरी तरफ़ देखा। मैंने काज़ी साहब की तरफ़ देखा।

हसन इकबाल ने पूछा—"क्या हुक्म है हमारे लिए?"

काज़ी साहब बोले—"यह साहब कहते हैं, यह खातून इनकी बीवी है और आप इसे किसी चाल से उड़ा लाए हैं। अब आप फ़रमाइए, आपके पास इसका क्या जवाब है?"

हसन इकबाल के चेहरे पर खफगी के आसार ज़ाहिर हुए। उसने मेरी तरफ़ ऐसी निगाहों से देखा, जिनका मतलब यह था कि तुम्हें यह हिम्मत कैसे हो गई? इसके बाद काज़ी साहब से कहा—"यह एक शरीफ़ मुसलमान और उसकी बीवी की तौहीन है; और मुझे अफ़सोस है कि यह तौहीन करने वाला भी एक मुसलमान है। मैं चाहता हूँ, यह मुझसे माफ़ी माँगे और आइन्दा के लिए इकरार करे कि फिर कभी ऐसी हरकत न करेगा।"

मैं घबरा गया। हसन इकबाल ऐसी दिलेरी से जवाब देगा, यह मुझे ख़्वाब में भी ख़याल न था। मगर काज़ी साहब ने इसकी परवाह न की, और औरत से पूछा—"क्यों बेटी! तू बता, यह क्या मामला है? क्या इनका इल्ज़ाम ठीक है?"

औरत ने मुँह से जवाब न दिया, सिर्फ़ सिर हिला दिया। इसका मतलब था—'नहीं।'

काज़ी साहब फिर बोले—"मुँह से जवाब दो। मैं सिर के इशारे का नहीं मुँह का जवाब सुनना चाहता हूँ।"

आहिस्ता से एक बारीक आवाज़ आई—"मैं नहीं जानती, यह कौन हैं? इनका इल्ज़ाम गलत है।"

आवाज़ बारीक थी; मैंने पहचान ली—यह वही थी। आदमी शक्ल बदल सकता है, मगर आवाज़ नहीं बदली जा सकती। मेरे बदन से पसीना छूटने लगा। मैंने जोश से चिल्ला कर कहा—"काज़ी साहब! मेरा खुदा गवाह है, यह सचमुच मेरी बीवी है। मैं इसकी आवाज़ पहचानता हूँ। मैं इसकी आवाज़ लाखों में पहचान लूँ।"

काज़ी साहब—"मगर कोई सबूत? यह दोनों तो इनकार करते हैं।"

मैं—(औरत से) "क्या तुम जहान आरा नहीं हो? क्यों झूठ बोलती हो? खुदा का खौफ़ करो। उसके पास कहर भी है।"

औरत—(जल्दी से) ''मैं रूहा हूँ। मैं जहान आरा नहीं हूँ। मैं किसी जहान आरा को नहीं जानती।''

काज़ी साहब—''बुर्का उतार दो। अभी मालूम हुआ जाता है।''

हसन इकबाल के चेहरे पर हवाइयाँ छूटने लगीं। घबराकर बोला—''काज़ी साहब, एक शरीफ़ मुसलमान औरत किसी गैर मर्द के सामने मुँह कैसे खोलेगी? यह तो सोचिए।''

काज़ी साहब—''मैं मज़बूर हूँ। बुर्का उतारना होगा।''

औरत ने बुर्का उतार दिया। मैं चौंककर पीछे हट गया। अब ज़रा भी शक न था, यह वही थी। वही जहान आरा, जो मर चुकी थी और जिसकी ज़िन्दगी का राज़ हमारी समझ से बाहर था। मगर उसके चेहरे पर ज़रा भी घबराहट न थी। औरत ऐसी हालत में अपने औसान पर ऐसा काबू रख सकती है, यह मेरे लिए नई बात थी। मैं समझता था, बुर्का उतारते ही राज़ फ़ाश हो जाएगा। जहान आरा मेरे सामने सिर न उठा सकेगी। मगर ऐसा न हुआ। वह मेरी तरफ़ देख रही थी। और ऐसे, जैसे वह मुझे जानती भी न हो। ऐसे, जैसे उसने कभी मुझे देखा भी न हो। ऐसे, जैसे मैं उसके लिए बिलकुल अजनबी था।

मेरा दिल धड़कने लगा। ख़याल आया, क्या मैंने दो साल में अपनी औरत को भी नहीं पहचाना?

इस मौके पर खान साहब अन्दर आ गए। वह रो रहे थे। उनकी दाढ़ी उनके आँसुओं से तर थी। उन्होंने आगे बढ़कर उस औरत के सिर पर हाथ रख दिया और कहा—''बेटी! खुदा जानता है, तू जहान आरा है। अब झूठ न बोल। हम तेरी खता माफ़ कर देंगे। यह राज़ हम नहीं जानते। लेकिन तू मेरी बेटी है। तू दुनिया को धोखा दे सकती है, मगर बाप की आँखों को धोखा नहीं दे सकती। वह देख, वह तेरी माँ है। वह रो-रोकर आधी भी नहीं रही—और तू हमारी बेटी है।''

जहान आरा ने पहले खान साहब की तरफ़ देखा, फिर अपनी माँ की तरफ़ देखा और इसके बाद मिन्नतें करके बोली—''ख़ुदा के लिए मुझे परेशान न करो। मैं तुम्हारी बेटी की जगह हूँ, मगर मैं जहान आरा नहीं हूँ। मैं सच कहती हूँ—मैं रूहा हूँ।''

और उसके चेहरे पर इस वक्त भी कोई परेशानी न थी। अब मुझे भी शुबहा होने लगा कि शायद यह जहान आरा न हो, कोई और ही हो। मैं अपनी

जल्दबाज़ी और हिमाकत पर पछता रहा था और न जानता था कि उनसे किन लफ़्ज़ों में माफ़ी माँगूँ?

इसमत आरा नई जगह और नए आदमियों को देखकर कुछ सहम-सी गई थी, इसलिए अपने नाना-नानी के पीछे छिपी खड़ी थी। खान साहब और उनकी बीवी को रोते देखकर वह आगे बढ़ी। शायद सोचती हो कि यह रोते है, मैं चुप करा दूँगी। इतने में उसकी निगाह उस औरत के चेहरे पर पड़ी, जिसे हम सब जहान आरा समझते थे, और जो जहान आरा होने से इनकार कर रही थी। इसमत आरा वहीं रुक गई। उसने बड़े गौर से उसकी तरफ़ देखना शुरू किया। कुछ देर वह इसी तरह फटी-फटी आँखों से उसे देखती रही, जैसे उसे पहचान रही हो। तब उसकी आँखों में एक अजीब-सी चमक पैदा हो गई। उसका चेहरा खुशी से चमकने लगा। उसने अपने माथे पर बिखरे हुए बालों को हाथ से पीछे हटाया, लपककर उसकी तरफ़ बढ़ी और उसकी टाँगों से लिपटकर बोली—"अम्मी!"

अब उस औरत से ज़ब्त न हो सका। देखते-देखते उसके चेहरे पर सुर्खी दौड़ गई और आँखों से आँसू बहने लगे। उसने इसमत को उठाकर गले से लगा लिया और उसके मुँह को, गालों को, आँखों को, सर के बालों को पागलों की तरह चूमने लगी। इसमत माँ के पागल प्यार से घबरा गई और उसके मुँह को अपने नन्हे-नन्हे हाथों से पकड़कर परे हटाने की कोशिश करने लगी। मगर माँ की ममता मानती न थी। उसने उसे कसकर गले से लगा लिया और फूट-फूटकर रोने लगी।

काज़ी साहब माँ की मुहब्बत का यह नज़ारा देखकर बहुत खुश हुए और भर्राई हुई आवाज़ में बोले—"जिस सचाई को हम मालूम न कर सके थे, उसे इस लड़की ने मालूम कर लिया। अल्लाह का शुक्र है कि मेरी छत तले बेइन्साफ़ी का फ़ैसला नहीं हुआ; वर्ना कयामत के रोज़ मेरा दामन मज़लूमों के हाथ में होता। खुदा बड़ा है, खुदा के कायदे बड़े हैं। खुदा की तारीफ़ हो।"

हसन इकबाल

अब हमारे लिए जुर्म मानने के सिवाय कोई चारा न था। जहान आरा को मैंने जैसा समझाया था, उसने वैसा ही किया। उसने न शौहर की तेज़ निगाहों का मुकाबला किया और न झिझकी। उसने माँ-बाप की आँखों के आँसू देखे, और

अपने-आपको सँभाले रही। मगर बेटी को देखकर बेकाबू हो गई। वह अब रो रही थी। काज़ी साहब सब कुछ समझ गए। उन्होंने मेरी तरफ़ गुस्से की निगाहों से देखा और कहा—''खुदा ने फ़ैसला कर दिया कि तू झूठा है, और इसका इल्ज़ाम ठीक है। अब खुदा और उसके गज़ब से डर, और जो कुछ बीती है, साफ़-साफ़ कह दे। और अल्लाह मेहरबान है, और बख्शिश करने वाला है।''

मैं इनकार न कर सका। मैंने सारी बातें सिलसिलेवार बयान कर दीं, और आख़िर में कहा—''काज़ी साहब! माँ-बाप, शौहर और दुनिया के लिए यह मर चुकी थी। उन्होंने इसे दबा दिया था। वह इसका मातम कर चुके थे। अगर मैं दीवानगी की हालत में जाकर कब्र न उखाड़ लेता, तो यह दुनिया की हवा और रोशनी में कभी साँस न ले सकती। इसे मैंने ज़िन्दा किया है। लाश इनकी थी, ज़िन्दा जहान आरा पर मेरा हक है। यह मेरी है। यह मुझे मिलनी चाहिए।''

मगर काज़ी साहब ने कहा—''नहीं। वह तेरी नहीं। अगर यह ज़िन्दा है, और इसका तलाक नहीं हुआ, तो अपने शौहर की है। यह शौहर को मिलेगी। यह शरा का फ़ैसला है।''

मैं—''तो अब मुझे एक बात और कहनी है। जब यह होश में आई तो मुझे देखकर बहुत घबराई। यह मुझे चाहती थी, मेरे आने की खबर सुनकर ही इसके दिल की धड़कन बन्द हो गई थी। मगर इस पर भी कहती थी, मेरे लिए दुनिया तुम्हारे वजूद से खाली है, मेरा निकाह हो चुका है और मेरा शौहर ज़िन्दा है। लेकिन इसके साथ ही शौहर के यहाँ जाते हुए भी इसकी रूह काँपती थी। इसका दिल एक तरफ़ दौड़ता था, दिमाग दूसरी तरफ़ दौड़ता था। यह उलझन में थी। इसे दोनों तरफ़ तबाही नज़र आती थी। एक तरफ़ दीन की, दूसरी तरफ़ दुनिया की। आख़िर हमने फ़ैसला किया कि यह मेरे साथ रहे, मगर हम अपने-आपे से बाहर कभी न हों। मैं खुदा की ओर उसके रसूल पाक की कसम खाकर कह सकता हूँ कि हम आज तक अपने इकरार पर कायम हैं। और जहान आरा आज भी वैसी ही पाक-साफ़ है, जैसी कब्र में थी। हम एक ही मकान में रह रहे हैं, मगर हमेशा एक-दूसरे से परे रहे हैं।''

मेरी तकरीर सुनकर सबके चेहरे खुशी से चमकने लगे। काज़ी साहब ने इत्मीनान की साँस लेकर कहा—''तू गुनाहगार है, मगर तू फ़रिश्ता है। किसी की कब्र उखाड़ना इसलाम की रूह से गुनाह है और इसकी सज़ा बड़ी सख्त है। लेकिन चूँकि तू दीवानगी की हालत में था और इससे एक औरत

की ज़िन्दगी बच गई है, इसलिए मैं तुझे माफ़ करता हूँ। मगर तुझे औरत नहीं मिल सकती। यह इनकी है, (राहत हुसैन की तरफ़ इशारा कर) यह इनको मिलेगी। और मैं हुक्म देता हूँ कि यह इनके साथ जाए। मेरा यही फ़ैसला है।''

खान साहब और राहत हुसैन ने मेरी मदद और शराफ़त का शुक्रिया अदा किया और जहान आरा को अपने साथ ले गए। उसके कदम सुस्त थे, मगर वह जा रही थी। उसी दुनिया में, जहाँ फ़र्ज़ की पाबन्दियाँ थीं, पर मुहब्बत की खुशियाँ न थीं। मैं देखता रह गया। कितनी दूर भागकर आए थे, मगर हमारी बदकिस्मती ने यहाँ भी हमारा पीछा न छोड़ा। चार दिन में आ पकड़ा। और अब...अब...

अब वह राहत हुसैन की थी। मेरा उससे कोई वास्ता न था। हम अब बेगाने थे। मगर मेरे दिल ने, और दिल की मुहब्बत ने अब भी न माना, और मैं उनके पीछे-पीछे चला। यहाँ तक कि वे अपने मकान के पास पहुँच गए। मैंने ठंडी आह भरी और वापस मुड़ा। यकायक मुझे कुछ शोर-सा सुनाई दिया। मैंने पीछे मुड़कर देखा—जहान आरा दरवाज़े में गिर पड़ी थी, राहत हुसैन उसके ऊपर झुककर उसे सँभाल रहा था, और खान साहब और उनकी बीवी सामने खड़े काँप रहे थे और उनके आँसू उनके बूढ़े गालों पर बह रहे थे।

मैं दौड़कर उसके करीब चला गया, घबराकर बोला—''क्यों? क्या हुआ?—क्या हुआ?''

राहत हुसैन—''इकबाल! दौड़कर किसी हकीम को बुला लाओ। जहान आरा बेहोश हो गई है।''

हकीम ने आकर देखा और मायूसी से सिर हिला दिया। जहान आरा मर गई, मगर उसने दीन और दुनिया दोनों बचा लिये। इसमत रोती थी, मगर उसकी माँ चुप थी। उसके आँसू सदा के लिए खुश्क हो चुके थे।

राहत हुसैन ने मुझे मुखातिब करके कहा—''तुमने लाश ली थी, लाश ही दी। तुमने कहा था, हमारा हक जहान आरा पर नहीं, जहान आरा की लाश पर है। तुम्हारा कहा पूरा हो गया। वह मेरे पास आकर भी मेरे पास न रही। काज़ी ने दिला दी थी, खुदा ने छीन ली। अब सब्र के सिवा चारा ही क्या है!''

मैंने सिर झुका लिया और आँखों के आँसू पोंछने लगा। मगर सोचता हूँ, क्या ये आँसू कभी खुश्क भी होंगे?

[प्रथम प्रकाशन : सन् 1931]

प्रताप के पत्र

रामनिवास, जालन्धर
1 जुलाई, 1915

मेरे प्यारे राधाकृष्ण

नमस्ते। आख़िर हमारा ब्याह हो गया, और बड़ी धूमधाम से। हमारे गाँव के बुड्ढे-बुड्ढे लोगों का कहना है कि यहाँ ऐसा ब्याह हमने तो देखा नहीं। पिताजी ने दिल खोलकर खर्च किया। इतना दिल खोलकर कि मालूम होता था, वह इस अवसर पर अपना सारा धन पानी के समान बहा देंगे। मानो अपना सब कुछ खर्च कर देंगे। मैंने एक-आध बार दबी ज़बान से कहा भी कि आप ज़्यादा खर्च कर रहे हैं। इस पर मुस्करा कर बोले, "तुम्हारा ब्याह है, तुम्हें बोलने का अख़्तियार नहीं, चुपचाप देखते चलो। इस समय मैं किसी की न सुनूँगा।" फिर मुझे मुँह खोलने का साहस न हुआ। वे खर्च करते थे, मैं चुपचाप देखता था। इसके बाद बारात पेशावर पहुँची। लड़की वालों ने हमारे ठहरने का और भोजन आदि का ऐसा अच्छा प्रबन्ध किया था कि तुमसे क्या कहूँ! किसी को भी शिकायत का अवसर नहीं मिला। अगर तुम होते तो देखते कि ब्याह का प्रबन्ध कैसा किया जा सकता है? असम्भव था कि किसी के मुँह से किसी वस्तु का नाम निकले और वह वस्तु उसी समय उसके सामने हाज़िर न कर दी जाए।

मगर मुझे केवल एक ही ख़याल था। सोचता था, देखूँ! श्रीमती जी कैसी हैं? दहेज मिले या न मिले, पर स्त्री अच्छी मिल जाए। कहीं कुरूपा न हो, तवे के समान काली न हो, भद्दी न हो, टेढ़ी-मेढ़ी न हो। हे भगवान!

बचा लेना, नहीं तो जीवन ही नष्ट हो जाएगा। भाँवरें पड़ने का समय आया तो दिल धक-धक कर रहा था। मगर मेरे अन्देशे निर्मूल सिद्ध हुए। मैंने उसका माखन-सा हाथ देखा तो शान्ति और संतोष की साँस ली—वह सुन्दरी थी। कम-से-कम काली न थी। स्त्री का हाथ देखकर उसकी शक्ल-सूरत का अन्दाज़ किया जा सकता है। भाग्यवान् घर अपनी ड्योढ़ी ही से पहचाना जाता है। तुम हँसोगे-हँस लो। मगर मैं दावे से कह सकता हूँ कि अपने ब्याह में तुम भी यही करोगे। एक ही महीना बाकी है। फिर पूछूँगा—क्यों जनाब!

मगर फिर भी मुझे बड़ी चिन्ता थी। यह चिन्ता उस समय तक दूर न हुई, जब तक मैंने घर पहुँचकर देवी जी के साक्षात् दर्शन न कर लिए। गाँव भर की स्त्रियाँ कहती हैं—बहू क्या है, चाँद है! मैंने देखा तो मुग्ध हो गया। चलो! यह चिन्ता तो मिटी। श्रीमतीजी कुरूपा नहीं हैं। रूप उनका पानी भरता है। देखकर भूख मिटती है।

बीस दिन हुए, हम दोनों यहाँ आ गए हैं। बड़े मज़े से कटती है। अब मालूम हुआ कि जीवन किसे कहते हैं। लज्जा ने मुझ पर जादू कर दिया है। यही जी चाहता है—उसे आँखों से ओझल न होने दूँ। हर समय देखता रहूँ। बड़ी सरल-स्वभाव हैं। जब देखो, हँसती और मुस्कराती रहती हैं। कभी चुप नहीं बैठतीं, कभी उदास नहीं होतीं। मुझे जी-जान से चाहती हैं। कचहरी से लौटता हूँ तो द्वार पर खड़ी पाता हूँ। ज़रा भी देर हो जाए तो घबरा जाती हैं। उनकी आँखों से प्यार छलक-छलक पड़ता है। आँखें क्या हैं, मानो अमृत के भरे हुए कटोरे हैं। ऐसा नारी-रत्न पाकर मैं फूला नहीं समाता। कोई रूप चाहता है, कोई प्यार चाहता है। मुझे स्वर्ग की ये दोनों चीज़ें मिल गईं।

एक मज़ेदार घटना सुनो। कल संध्या-समय कुछ मित्र बैठे थे और इधर-उधर की बातें हो रही थीं। इतने में एक साहब बोले—"आज इंग्लिस्तान की एक बड़ी बढ़िया नाटक कम्पनी आई है, तमाशा देखना चाहिए। सबने हाँ-में-हाँ मिलाई। मगर मेरा जी न चाहता था। मैंने इनकार कर दिया। बस जनाब! उन शोहदों ने ऐसे-ऐसे ताने मारे कि तुमसे क्या कहूँ। विवश हो गया। पर सोचता था, लज्जा अकेली है, कैसे जाऊँ? घबरा गया।

मुझे किंकर्त्तव्यविमूढ़ देखकर एक महाशय बोले—"क्यों? स्त्री से डरते हो क्या? अरे भाई! कोई बहाना बना दो।" मैं बड़ा चकराया कि झूठ कैसे बोल दूँ! दूसरे मित्र ने कहा—"कचहरी में जज के सामने, और घर में स्त्री

के सामने जो सच बोले, उससे बड़ा मूर्ख कोई नहीं।'' इस पर सब हँसने लगे। लाचार झूठ बोलना पड़ा। ''आज एक जगह मीटिंग है। वहाँ जा रहा हूँ। दो बजे के पहले न लौट सकूँगा, तुम सो जाना।'' उस गरीब को क्या पता था कि यहाँ कोई दूसरी ही मीटिंग है। उदास होकर बोली—''मैं जागूँगी।''

हम थियेटर में पहुँचे। नाटक शुरू हुआ। सब मित्र हँसते थे, मुस्कराते थे, ऐक्टरों के अभिनय पर टीका-टिप्पणी करते थे। मगर मेरा मन बैठा जाता था। नाटक की ओर मेरा ध्यान न था। आखिर, पहले ऐक्ट का अंतिम दृश्य आया। यह दृश्य बड़ा हृदयवेधक था। एक बे-परवाह शराबी शराबखाने में बैठा अपना धन, अपना स्वास्थ्य, अपना मनुष्यत्व अपने हाथों से नष्ट कर रहा था और घर में उसकी स्त्री उसकी तस्वीर से बातें कर रही थी और समझती थी उसका पति कारोबार की नई नीति के सम्बन्ध में अपने मालिक से बातचीत कर रहा है।

मैं चौंक पड़ा। मेरी पीठ पर किसी ने चाबुक मार दिया। यह काल्पनिक नाटक का काल्पनिक दृश्य न था। मैंने नाटक के दर्पण में अपना काला मुँह देखा और तिलमिला कर खड़ा हो गया। मित्र-मंडली रोकती रह गई, मगर मैंने उनकी एक न सुनी और चला आया। घर पहुँचकर लोहे की खिड़की के बाहर से देखा, तो गरीब लज्जा लालटेन सामने रक्खे बैठी थी और ऊँघ रही थी।

मैं कट गया। मुझे अपने आप से घृणा हो गई। मुझे उसके निकट जाते, उसे छूते, उसे हाथ लगाते संकोच हो रहा था। मैंने मुँह से कुछ न कहा, मगर दिल में प्रतिज्ञा कर ली कि अब लज्जा से कभी झूठ न बोलूँगा।

तुम निश्चिंत रहो। मैं तुम्हारे ब्याह में ज़रूर आऊँगा।

—तुम्हार मित्र प्रताप

रामनिवास, जालन्धर

14 सितम्बर, 1915

प्यारे राधाकृष्णजी!

नमस्ते। पत्र मिला, पढ़कर आश्चर्य हुआ। आख़िर इसका क्या मतलब कि भाभीजी का हाल दो सतरों में समाप्त कर दिया! रूपवती है, कद लम्बा है—ये बातें तो ब्याह ही में मालूम हो गई थीं। मैंने जो कुछ पूछा था, उस के बारे में एक भी शब्द नहीं लिखा, हाँ इधर-उधर की बातों से दो कागज़ काले कर डाले।

मैंने पूछा था, भाभीजी का स्वभाव कैसा है? तुम्हारे साथ लड़ाई-दंगा

तो नहीं करतीं? दिन भर क्या करती हैं? कुछ घर का काम-काज भी करती हैं, या केवल उपन्यास ही पढ़ने का शौक है? बताओ, इन बातों का तुमने क्या जवाब दिया? कुछ भी नहीं। एक हम हैं कि अपनी 'मेम साहब' की एक-एक बात लिख देते हैं वो भी और पूरे विस्तार से!

रसोई बनाने के लिए नौकर रक्खा था, देवी जी ने निकाल दिया। कहती हैं, हमारी स्वतन्त्रता में फ़र्क पड़ता है। हर समय सहमे-सहमे रहो, कहीं कुछ सुन न ले, कहीं कुछ देख न ले, कहीं कुछ भाँप न जाए। यह रोग कौन पाले? भट पड़े सोना, जो छेदे कान। मैंने बहुत कहा कि तुम्हारी तबीयत बिगड़ जाएगी। मगर जनाब! कौन परवाह करता है? अब सारा काम-काज अपने 'श्रीहाथों' से करती हैं और ज़रा भी नहीं थकतीं। और फिर मज़ा यह कि हमारा कोई भी काम नहीं रुकता। सारा घर शीशे की तरह चमकता है। जब नौकर था, ऐसी सफ़ाई तब भी न होती थी। मेरे दफ़्तर का चपरासी है, उससे भाजी आदि मँगवा लेती हैं और सब काम आप करती हैं। यहाँ तक कि कमरों की सफ़ाई भी स्वयं करती हैं। मैं रोकता हूँ और वह हँसकर टाल देती हैं। कहती हैं—अपने घर का काम करने में लाज कैसी? अपने पाँव तो रानियाँ भी धो लेती हैं। और फिर इन कामों को भी ऐसे श्रद्धा-भाव से करती हैं, मानो किसी उपास्य देवता की पूजा कर रही हों।

एक दिन मैंने कहा—लज्जा! तुम्हें अब यह काम न करने दूँगा। मैं वकील हूँ, कहार नहीं हूँ। जो कहारियाँ भी न करें, तुम वह कर रही हो। इस पर वह जोश में आ गई और एक पूरा व्याख्यान दे डाला। भाई! यह तो पूरी फिलॉसफ़र निकली। इसके विचार कैसे गम्भीर हैं! ऐसी स्त्रियाँ मैंने अपने समाज में नहीं देखीं। लज्जा का गौरव मेरी दृष्टि में दिन-प्रतिदिन बढ़ता जाता है। परमात्मा मुझे उसके योग्य बनाए। मेरी परमात्मा से यही प्रार्थना है।

तुम्हारा मित्र
प्रताप

रामनिवास, जालन्धर
20 दिसम्बर, 1915

बन्धुवर!

नमस्ते। आपका पत्र मिला, पढ़कर आनन्द आ गया। मुझे सपने में भी यह आशा न थी कि भाभीजी ऐसे स्वभाव की होंगी! श्रीमती प्रतापचन्द बहुत देर

तक हँसती रहीं। फ़रमाती हैं—ऐसा जवाब दूँगी कि छठी का दूध याद आ जाए। हमने कहा—हम ऐसा जवाब देंगे कि सातवीं का दही याद आ जाए।

तुम क्रिसमस की छुट्टियों में दिल्ली बुलाते हो, मगर हम वहाँ न आ सकेंगे। हमारी सैर यहीं होगी। लज्जा कहती है, इन छुट्टियों का रास्ता देखते-देखते तो आँखें भी पक गईं, अब इन्हें दिल्ली आने-जाने में कैसे उड़ा दें? तुम्हें भी असुविधा होगी। मुँह से शायद मुरव्वत के मारे न कहो, मगर दिल में ज़रूर गालियाँ देते रहोगे। और जहाँ तक भाभीजी को मैंने तुम्हारे पत्रों से पढ़ा है, वह तो साफ़-साफ़ कह देंगी—तुम दोनों अजीब आदमी हो। हमने हँसी-हँसी में खत लिखा था, तुम सचमुच टिकट लेकर गाड़ी में बैठ गए। इतना भी न हुआ कि एक-आध बार 'नहीं' कर दो। बताओ, उस समय मैं क्या उत्तर दूँगा? तुम तो गरदन खुजलाते हुए छत की तरफ़ देखने लग जाओगे, मगर हमारी आँखें तो ऊपर न उठेंगी।

न भाई! यह नहीं होगा। छुट्टियों का पूरा सप्ताह यहीं बीतेगा। प्रातः काल साहब बहादुर और मेम साहब कम्पनी बाग की सैर करेंगे, दुपहर को ताश खेलेंगे, शाम को सिनेमाहॉल में जाकर प्रेम, रूप और यौवन के रसीले तमाशे देखेंगे और रात को घर आकर उन तमाशों के खास-खास हिस्सों की नकल उतारेंगे। कहो! इससे रंगीन और दिलचस्प सैर और कहाँ होगी? दिल्ली में क्या पड़ा है, लाल किला और कुतुब साहब की लाट और छुट्टियों के रंगीन दिनों का गला घोंटने के लिए नीरस भाई, और एक कोतवाल भाभी! बाप रे बाप! ऐसी मूर्खता कौन कर सकता है? कम-से-कम एक वकील तो नहीं, चाहे उसकी वकालत अभी तक न चली हो।

हाँ! एक बात का मुझे बड़ा भय है। लज्जा की छोटी बहन शान्ता यहाँ कन्या-महाविद्यालय में पढ़ती है। क्रिसमस में उसकी भी छुट्टियाँ होंगी। कहीं वह न आ जाए। परमात्मा उसे सुबुद्धि दें, वर्ना हमारी शुभ इच्छाएँ मिट्टी में मिल जाएँगी।

तुम्हारा—प्रताप

रामनिवास, जालन्धर

3 जनवरी, 1916

माई डियर राधाकृष्ण!

नमस्ते। जिस बात का भय था, वही हुई। शान्ता 24 तारीख को हमारे घर आ टपकी। अगर पहले पता होता, तो भगवान् जानता है, तुम्हारा निमन्त्रण ज़रूर

स्वीकार कर लेता। और न होता, दिल्ली की सैर तो हो जाती। और फिर तुम्हारे यहाँ हमें उस लोकलज्जा की ज़रूरत भी न थी, जिसका हमें आजकल यहाँ ख़याल रखना पड़ता है। कुँवारी कन्या है, उसके सामने आँख भी उठाएँ तो शर्म आती है।

एक दिन खाना खा रहे थे। मैं मना करता रहा, लज्जा ने थाल में और रोटी फेंक दी। मेरा पेट भर चुका था, एक ग्रास के लिए भी जगह न थी। मैंने पूछा—"मुझे तो भूख नहीं। अब यह रोटी कौन खाएगा?"

लज्जा ने धीरे से जवाब दिया—"आप खाएँगे।"

मैं—"मुझे तो ज़रा भी भूख नहीं। जो खाना था, खा चुका।"

लज्जा—"खा कैसे चुके? एक ज़रा-सी रोटी है। खा जाओ।"

मैं—"नहीं मेरी रानी! इस समय तो क्षमा ही कर दो।"

बस इसी बात पर खफ़ा हो गईं कि तुमने मेरी बहिन के सामने ये शब्द कहे क्यों? वह दिल में क्या कहती होगी? यही कि दोनों निर्लज्ज हो गए। मेरे सामने भी दिल्लगी करने से न रुके। और जो कहीं विद्यालय में जाकर अपनी किसी सहेली से कह दिया, फिर तो गज़ब ही हो जाएगा।

कैसा दुर्भाग्य है, अपने घर में भी पराए बनकर रहो और अपनी औरत को भी आँख मारो। क्या सोचता था, क्या हो गया? और शान्ता इतनी भोली है कि इन बातों को ज़रा नहीं समझती। वह तो रात को भी बहन के साथ ही सोती है। अब हमारा यह हाल है कि खीर का थाल सामने धरा है, खाने को मन ललचा रहा है, मगर आँख उठाकर देखते भी नहीं कि कहीं कोई यह न कह दे, भूखा है, देखते ही टूट पड़ा। हाथ बढ़ाते भी हैं, तो इस शान से, जैसे श्रीमान् जी अनुरोध से खा रहे हैं। यद्यपि सच यह है कि पेट में चूहे दौड़ रहे हैं। अगर संसार के व्यवहार का भय न होता, तो थाल ही को मुँह लगा देते, चम्मच की भी परवाह न करते, मगर अब...

तुम पूछोगे, आजकल दिन कैसे कटता है? दफ़्तर में बैठा कानूनी किताबें देखा करता हूँ। मगर केवल देखता हूँ, पढ़ने में किस मरदूद का जी लगता है! मगर शान्ता का आना मुझे ही नहीं अखरा, लज्जा को भी बुरा मालूम हुआ है। एक दिन शान्ता छत पर बैठी एक पुस्तक पढ़ रही थी। लज्जा ने मुझे इशारे से कमरे में बुलाया और मेरा हाथ प्यार से अपने हाथ में लेकर कहा—"खफ़ा क्यों रहते हो? क्या करूँ? छुट्टियों के दिन बड़े मज़े से गुज़रते, मगर शान्ता

के मारे सिर नहीं उठाया जाता। मैंने एक-आध बार कहा भी है कि तुम्हारी पढ़ाई में अड़चन पड़ती होगी, विद्यालय चली जाओ। पर वह इतनी भोली है कि ज़रा नहीं समझती। कहती है, कोई बात नहीं; चार दिन के लिए बहन मिली है, उसे तो न छोड़ूँगी।''

मैं (लज्जा की ठुड्डी को हाथ से ऊपर उठाकर)—''अगर यह न आती, तो ताश खेलते, प्यार-मुहब्बत की बातें करते और...''

लज्जा मेरा संकल्प जानकर पीछे हट गई और हँसकर बोली—''तुम बड़े वह हो। दूर खड़े रहो।''

मैं—''क्यों लज्जा! तुम यह क्यों नहीं कहतीं कि हम तुम्हें मिलने को रोज़ विद्यालय आ जाया करेंगे।''

लज्जा (मुस्कराकर)—''यह तीर भी खाली गया। वह कहती है, तुम मेरी बड़ी बहन हो, तुम्हें कष्ट न दूँगी।''

बताओ, क्या किया जाए? उधर तुम अपनी गोपी को साथ लिए मथुरा और वृन्दावन की सैर करते फिरते हो। अगर तुम्हारा कहा मान लेते तो संकट में काहे को फँसते?

मगर इतना ही नहीं। मेरे दिल पर एक बोझ-सा पड़ा रहता है। तुम मेरे मित्र हो, तुमसे क्या परदा है? मुझे लज्जा पर कुछ सन्देह हो गया है। बहुत यत्न करता हूँ, मन को बहुत समझाता हूँ, मगर मन नहीं मानता। कल शाम को घर आया तो लज्जा बैठी कुछ लिख रही थी और ऐसी तन्मय होकर कि उसे मेरे आने की खबर न हुई। शान्ता ऊपर थी। मेरे दिल में ख़याल आया कि आगे बढ़कर उसकी आँखों पर पीछे से हाथ रख दूँ। चौंक उठेगी। मैं कहूँगा—तुम्हें मालूम भी न हुआ। यह सोचकर मैंने पाँवों से जूते निकाल दिए और धीरे-धीरे आगे बढ़ा। एकाएक वह चौंक उठी। उसने मुझे देखा और कागज़ छिपा लिया। मैं कहता था—''दिखाओ, क्या लिखती थीं?'' वह कहती थी—''क्यों दिखाऊँ? न दिखाऊँगी।'' मैंने प्यार से कहा, क्रोध से कहा, गम्भीरता से कहा। मगर उस पर किसी बात का भी असर न हुआ। राम जाने! क्या लिख रही थी? कोई खास ही बात होगी, अन्यथा मुझसे छिपाने की ज़रूरत ही क्या थी? मैं हार कर चुप हो रहा। मगर सन्देह की आग दिल में धधक रही थी। सारी रात नींद न आई।

अब ऐसा मालूम होता है, जैसे कोई कीमती चीज़ खो गई हो, या जैसे

किसी अज्ञात भय से दिल काँप रहा हो। कई बार ख़याल आता है कि बात कुछ भी नहीं; अपने भाई या पिता को पत्र लिख रही होगी। मैं भी कैसा छोटे दिल का आदमी हूँ, ज़रा-सी चंचलता पर ऐसी सुशीला, प्रेममयी, पतिव्रता पर ऐसा गन्दा सन्देह! निश्चय ही मैं पागल हो गया हूँ। पर क्या करूँ? यह सन्देह साँप के विष के समान पल-पल बढ़ता जाता है। संसार की हर चीज़ बदली हुई दिखाई देती है। परमात्मा करे यह वहम ही हो। मगर जब तक कागज़ देख न लूँगा, चैन न आएगा।

तुम्हारा
चिन्ताग्रस्त प्रताप

रामनिवास, जालन्धर
5 जनवरी, 1916

भाई जान!

पत्र मिला, मगर अब मुझे समझाना बेकार है। जो होना था, हो चुका। तुम्हारा ख़याल है, मेरा दिमाग चल गया है। तुम समझते हो, लज्जा सती-साध्वी है। मेरी भी ऐसी ही धारणा थी। मगर काश, ऐसा ही होता, तो मैं इस समय इतना दुखी, अधीर, अशान्त न होता। तुम्हें यह सुनकर शोक होगा कि लज्जा इस दुनिया से चल बसी। मगर मुझे इसका ज़रा भी शोक नहीं। हाँ, अगर न मरती, तो ज़रूर शोक होता।

वह पत्र मैंने पढ़ लिया। संध्या का समय था, लज्जा शान्ता को छोड़ने के लिए विद्यालय चली गई थी। मैंने मैदान साफ़ पाकर मेज़ की दराज़ खोल ली। मुझे आशा न थी कि पत्र वहाँ होगा। मैं वह कागज़ वहीं था, उसी तरह, न लपेटा हुआ, न तह किया हुआ। मैंने उसे पढ़ा और मेरा सिर चकराने लगा। यह मामूली कागज़ न था, लज्जा के पापों का प्रमाण था। यह कोई पत्र न था, मेरे प्रेमापमान की घृणापूर्ण कहानी थी। मैंने सिर पीट लिया। किसे ख़याल था कि लज्जा जैसी नेक, लजीली, प्यार करने वाली स्त्री ऐसी होगी? किसी दूसरे के मुँह से मैं यही बात सुनकर उस पर कभी विश्वास न करता, मैं उसका मुँह नोच लेता, मैं उसकी गरदन मरोड़ देता। मगर अब...यह सन्देह न था, लज्जा के अपने हाथ की लिखी हुई चिट्ठी मेरे सामने थी, और मैं उसे अपनी आँखों से पढ़ रहा था।

यह प्रेम-पत्र किसी मनमोहन के नाम था—''प्यारे मनमोहन! ब्याह हो

गया, पर मैं अब भी तुम्हारी हूँ। मेरा पति मुझे बहुत चाहता है, मेरी हर इच्छा को पूरा करना अपना धर्म समझता है। मगर तुम्हें कैसे विश्वास दिलाऊँ कि मुझे उसकी शक्ल से भी घृणा है। उसे देखकर मेरी देह में आग-सी लग जाती है। अगर अपने बस की बात होती तो एक दिन में भाग खड़ी होती और तुम्हारे पास पहुँच जाती। पर अपनी और तुम्हारी बदनामी का भय है...।''

राधाकृष्ण! यह अधूरा पत्र पढ़कर मुझ पर बिजली-सी गिर पड़ी। मैं वहीं कुर्सी पर बैठ गया। और बैठ नहीं गया, गिर पड़ा और फूट-फूट कर रोया। इस तरह मैं अपने जीवन में आज तक कभी नहीं रोया। कितनी लज्जा, कैसे शोक की बात है कि जिस स्त्री पर मैं अपनी जान निछावर करता था, जिसका प्रेम मेरे दिल का प्रकाश था, जिसकी मुस्कराहट देखकर मेरे शरीर के रोम-रोम में आनन्द की लहर दौड़ जाती थी, वही स्त्री किसी दूसरे को चाहती है! और मैं कितना मूर्ख था कि मुझे इसका ज़रा भी पता न था। वह द्वार पर खड़ी होकर मेरी प्रतीक्षा करती थी, वह मुझे देखकर खुशी से झूमने लग जाती थी, उसकी आँखें चमकने लगती थीं, मगर प्यार की ये धोखेबाज़ियाँ केवल इसलिए थीं कि मैं उल्लू बना रहूँ। परमात्मा जाने, इसी छत तले बैठकर उसने अपने अपवित्र हाथों से इसी तरह के कितने पापपूर्ण पत्र लिखे होंगे।

थोड़ी देर बाद वह आ गई। उसके मुँह पर इस समय भी वही सादगी थी, आँखों में वही प्रेम! मगर अब मैं पागल नहीं हो गया। अब मैंने उसका दिल देख लिया था। ऊपर जल की लहरें खेलती थीं, नीचे भयानक घड़ियाल बैठा था। जब तक घड़ियाल न देखा था तब तक धोखा खाता रहा, पर अब मैंने वह घड़ियाल देख लिया था। लज्जा ने मेरे बदले हुए तेवर देखे और डर गई। उसने मुझे मनाना चाहा। उसने मेरे क्रोध का कारण पूछा, मगर मैंने उसे झिड़क कर परे हटा दिया।

अब वह रो रही थी। पता नहीं क्यों, उसकी आँखों में आँसू देखकर मेरा दिल घबरा गया। मुझे सन्देह होने लगा कि मैं उसके साथ अन्याय कर रहा हूँ। मैं आगे बढ़ा कि उसे गले से लगाकर चुप करा दूँ। सहसा उसका पत्र याद आ गया। मैंने अपने आपको रोक लिया। उसका यह रोना भी उसके प्रेम के समान धोखा था। मैं पागलों की तरह उठकर बाहर चला गया। वह रोकती रह गई, मगर मैंने उसे धक्का देकर गिरा दिया और बाहर निकल गया। वह बड़े ज़ोर से ज़मीन पर गिरी, मगर मैंने मुड़कर देखा भी नहीं।

रात को ग्यारह बजे मैं घर लौटा। लज्जा रसोईघर में बैठी मेरी राह देख रही थी। पर मुझे भूख न थी। मैंने साफ़ कह दिया—"मैं कुछ न खाऊँगा।" कितनी धोखेबाज़ थी! इस समय भी इस तरह फूट-फूटकर रोई, मानो उसका दिल फटा जा रहा है। मगर मैं उसके कपट को खूब समझता था। दूसरे दिन सोकर उठा तो वह चारपाई पर मरी पड़ी थी। पता नहीं विष खा लिया, या भेद खुल जाने के भय से दिल की धड़कन बन्द हो गई। मैंने परमात्मा को धन्यवाद दिया कि खूबसूरत बला से पीछा छूटा। ब्याह पर जितना खुश था, उसकी मौत पर उससे भी ज़्यादा खुश हुआ।

तुम्हारा प्रताप

रामनिवास, जालन्धर
5 जनवरी, 1916

प्यारे भाई!

तुम्हारा ख़याल ठीक है। मैं सन्देह-ही-सन्देह में मारा गया। मैंने अपने हाथों से अपनी सोने की लंका जलाकर भस्म कर ली। वह सचमुच देवी थी। उसके मन में छल की छाया भी न थी। मगर मेरी आँखों पर परदे पड़ गए थे। अगर मैं उस समय ज़रा भी सोच-समझ से काम लेता, तो आज यों रोना न पड़ता। मगर अब क्या हो सकता है? जो होना था, हो गया। पहले छिपाया था, पर अब न छिपाऊँगा। न छिपाने से कुछ लाभ है। लज्जा ने विष नहीं खाया, न उसे किसी साँप ने काटा था, न उसके दिल की धड़कन बन्द हुई थी। उसका हत्यारा मैं हूँ। उसे स्वयं मैंने मारा है। मेरे ही पापी हाथों की निर्दयी अँगुलियों ने उसका गला घोंट दिया था।

रात का समय था, वह दिन-भर की चिन्ता और संताप से थककर सो गई थी। उसके गुलाबी गालों पर उसके आँसुओं के निशान अभी तक बाकी थे। उसका एक हाथ सिर के नीचे था, दूसरा सीने पर था। चेहरे पर हार्दिक वेदना की गहरी छाप थी। इस पर भी उसकी मोहिनी छवि की शोभा से सारा कमरा जगमगा रहा था। ऊपर बादल थे, नीचे चाँद चमक रहा था। मगर जिसकी आँखें दुखती हों, उसको रोशनी भी चुभती है। मेरी भी यही दशा थी। उसका रूप उस समय मुझे ज़हर मालूम हुआ। मेरा खून खौल रहा था। मैं धीरे से उसके पलंग पर बैठ गया। उसकी आँख खुल गईं। उसने मुझे प्यार की अधखुली आँखों से देखा और अपना हाथ बढ़ा दिया।

अब मैं क्रोध को बस में न रख सका। मैंने उसका गला पकड़ लिया और उसे अपनी पूरी शक्ति से दबाया। उसकी आँखें बाहर निकल आईं। मगर उनमें भय न था, आश्चर्य था। वह समझ न सकती थी कि मैं क्या कर रहा हूँ? और उसका अपराध क्या था? वह गला छुड़ाने के लिए चेष्टा करती थी, और मैं पागलों के समान उसे और भी ज़ोर से दबाता जाता था। यहाँ तक कि उसकी चेष्टा समाप्त हो गई और इसके साथ ही उसकी जीवन-लीला भी समाप्त हो गई। अब पलंग पर वह न थी, उसकी लाश थी। उस समय मैं खुश था। मगर वास्तव में यह मेरी जीत न थी, मेरे जीवन की सबसे बड़ी हार थी।

इसका ज्ञान मुझे आज ही दोपहर को हुआ। शान्ता की कुछ पुस्तकें मेरे यहाँ पड़ी थीं, वह लेने आई। बहन का घर था, मगर बहन न थी, शान्ता फूट-फूटकर रोने लगी। उसे रोते देखकर मेरी आँखें भी सजल हो गईं। रूमाल निकालकर मुँह पोंछने लगा, तो जेब से एक कागज़ गिर पड़ा। यह वही कागज़ था, जिसने लज्जा का राज़ खोल दिया था, जिसे देखकर मैं पागल हो गया था, जो उसके पापों का जीता-जागता प्रमाण था। शान्ता ने उसे उठा लिया और उचटती हुई दृष्टि से देखकर ठण्डी आह भरी।

मुझे आश्चर्य हुआ—तो क्या यह भी जानती है? मेरे मन में उथल-पुथल होने लगी। मैंने काँपते हुए कहा—"शान्ता!"

शान्ता ने अपनी आँसुओं से भरी हुई आँखें ऊपर उठाईं और बेपरवाही से मेरी तरफ़ देखा। उनमें बहन की मौत के दुःख के सिवाय और कुछ भी न था।

मैं—"क्या तूने यह कागज़ देखा है?"

शान्ता—"हाँ, देखा है।"

और वह अब भी उसी तरह शान्त थी। मेरा दिल बाज़ के पंजे में फँसे हुए कबूतर की तरह तड़प रहा था।

मैं—"यह तुम्हारी बहन का पत्र है!"

शान्ता—"नहीं, यह उसकी पहली कहानी का पहला भाग है।"

मैंने शान्ता के ये शब्द सुने, मगर इनका अर्थ न समझ सका। परन्तु मैं इतना जान गया कि मुझसे कोई भयानक भूल हो गई है। इस समय मेरा दिल ज़ोर-ज़ोर से धड़क रहा था और उसकी आवाज़ मेरे कानों तक आ रही थी।

मैंने घायल पंछी के समान तड़प कर पूछा—"शान्ता, तूने क्या कहा? एक बार फिर तो कह!"

शान्ता ने मेरी तरफ़ देखा और अपनी बहन की याद में ठण्डी साँस भर कर कहा—''जीजाजी! आप से क्या कहूँ! बहन जी ने यह कहानी कैसे चाव से लिखनी शुरू की थी! वह इसे छह पत्रों में समाप्त करना चाहती थीं। यह उस कहानी का पहला पत्र है और वह भी अधूरा।—मैंने कहा—जीजाजी से पूछ लो, तो कहानी और भी अच्छी बन जाएगी। मगर उन्होंने जवाब दिया—दुर पगली! उनको मालूम हो गया, तो सारा मज़ा ही किरकिरा हो जाएगा। मज़ा जब है कि उन्हें पता भी न लगे और कहानी किसी पत्रिका में छपकर सामने आ जाए। हैरान हो जाएँगे, दंग रह जाएँगे! कहेंगे—'लज्जा! मुझे बिलकुल पता न था कि तू कहानियाँ भी लिख सकती है।' पर किसे ख़याल था कि मौत घात में है। कहानी समाप्त न हुई, लिखने वाली समाप्त हो गई।''

मैं तड़प कर खड़ा हो गया—तो वह निर्दोष थी और मैं ही अन्धा हो गया था! अब मुझे उसकी एक-एक बात याद आने लगी। वह भोला-भाला चेहरा, वह सादगी, वह अचरज में डूबी हुई सुन्दरता, वह सहमी हुई लाज—अब सब कुछ सपना हो गया। कैसी स्त्री थी, जिस पर स्वर्ग की देवियों को भी डाह होती! मगर मैं उसके योग्य न था। मुझे उसकी पूजा करनी चाहिए थी, मगर मैंने अपने हत्यारे हाथों से उसका गला घोंट दिया और परमात्मा संसार के इस सबसे बड़े अन्याय को चुप की आँखों में देखता रहा और उसे ज़रा भी जोश न आया!

अब रात हो गई है। कमरे का दीपक जल रहा है, मगर मेरे दिल का दीपक बुझ चुका है। किसी-किसी समय ऐसा जान पड़ता है कि वह रसोईघर में खाना बना रही है। अभी आएगी, अभी कुर्सी के पीछे खड़ी हो जाएगी। वही मधुर, वही सुकोमल, प्यार के अमृत में सना हुआ स्वर फिर सुनाई देगा। दिल को विश्वास ही नहीं होता कि वह मर चुकी है। मैं इस तरह चला, जैसे कोई सपने में चल रहा हो और रसोईघर में जा पहुँचा। वहाँ प्रकाश था। तो क्या प्रकृति के न बदलने वाले नियम बदल गए? मेरा दिल धड़कने लगा। मैं जल्दी से आगे बढ़ा। मगर वहाँ पहाड़ी नौकर रोटी बना रहा था, जो मेरे एक वकील मित्र ने भेज दिया था। मैं रोता हुआ लौट आया। मुझे विश्वास हो गया कि सचमुच मेरा सर्वस्व नष्ट हो गया। अगर वह जीती होती, तो वह अपनी रसोई में किसी पराए को पाँव भी न धरने देती। हा विधाता! मेरे प्रेम का नाटक कितनी जल्दी समाप्त हो गया!

कमरे में वह मेज़ उसी जगह पड़ी है। वह कुर्सी भी वहीं धरी है, जिस

पर बैठकर उसने वह पत्र-गाथा लिखनी शुरू की थी। कलम, दवात, कागज़ सब कुछ वहीं है, केवल वह नहीं है। सन्दूकों में उसके हाथों के तह किए हुए कपड़े भी उसी तरह पड़े हैं, खूँटी पर उसकी रेशमी साड़ी उसी तरह लटक रही है। मशीन में आधी सिली हुई कमीज़ उसकी राह देख रही है। मगर वह कहाँ चली गई? साहित्य के साथ खेलने चली थी। मगर गरीब को क्या मालूम था कि यह साहित्य-क्रीड़ा नहीं, मृत्यु-क्रीड़ा है। मैं वकील हूँ। कचहरी में आकाश-पाताल की बातें करता हूँ। पर इतनी बात समझ न आई कि उससे पूछ तो लूँ कि यह पत्र किसके नाम है? सच है, बुरे दिनों में अच्छी-भली आँखें भी बन्द हो जाती हैं।

अब नौ बज गए हैं, दस बजे मेरे और मेरी लज्जा के माँ-बाप आ रहे हैं। उन्हें अपना काला मुँह कैसे दिखाऊँगा? जब पूछेंगे कि लज्जा कहाँ है, तो क्या जवाब दूँगा? उसकी मौत का कारण क्या बताऊँगा? हे भगवान! वह समय कभी न आए। मगर दीवार की घड़ी टिक-टिक कर रही है और समय बीत जाएगा। उस समय मैं क्या करूँगा? नहीं, यह असम्भव है। यह नहीं होना चाहिए। यह नहीं हो सकता। यह नहीं होगा। अब मैं ज़िन्दा नहीं रहूँगा।

यह दीवार-घड़ी उस रात भी इसी तरह टिक-टिक कर रही थी। मैंने उसका गला दबाया और यह टिक-टिक करती रही। वह तड़प पर ठण्डी हो गई और यह टिक-टिक करती रही। और एक घण्टे के बाद भी जब मेरे और उसके अभागे माता-पिता हम दोनों की रहस्यमयी मृत्यु पर खून के आँसू बहा रहे होंगे, इसकी टिक-टिक इसी तरह जारी रहेगी। नमस्ते।

तुम्हारा अभागा मित्र

प्रताप

[प्रथम प्रकाशन : सन् 1935]

काव्य-कल्पना

महाराज श्रीहर्ष की गिनती संस्कृत के उन मशहूर कवियों में होती है, जिनके नाम अजर और अमर हैं।

भारतवर्ष में गंगा-जमुना और हिमालय के साथ श्रीहर्ष भी सदा अमर रहेंगे। उनकी काव्य-कल्पना देखकर लोग आज भी हैरान रह जाते हैं। उनका अधिक समय काव्य-रचना की भेंट होता था। उनको अपने राज्य की इतनी परवाह न थी, जितनी कविता की। वे प्रायः कहा करते थे—''मेरा असली राज्य वह है, जिस पर मेरे विचारों का शासन है। धरती का राज्य छिन सकता है, बदल सकता है, नष्ट हो सकता है। मगर कविता का राज्य वह राज्य है, जिसमें कोई हस्तक्षेप नहीं कर सकता। यहाँ तक कि उसे मौत की ठंडी अंगुलियाँ भी नहीं छू सकतीं।''

महाराज अपने ख़याल में तन्मय रहते थे और काव्य, कला, जीवन और ज्योति, प्रेम और पवित्रता के कभी नष्ट न होने वाले संसार के स्वर्गीय सपने देखा करते थे।

~

एक दिन महाराज बाग में बैठे थे। सन्ध्या का समय था। डूबते हुए सूरज की पीली किरणें गुलाब के खूबसूरत फूलों से विदा हो रही थीं और प्रकृति-माता के इन मनोहर बच्चों को अपनी उदासीनता दे रही थीं, जैसे हर सखी अपनी सखी के घर से चलते समय उसके बच्चों को कुछ-न-कुछ देना अपना कर्त्तव्य समझती है। उद्यान-माता अपनी सहेलियों के वियोग का ख़याल कर करके दुखी हो रही थी और उसके स्नेहपूर्ण मुँह पर विषाद की काली लकीरें उभर

आई थीं। महाराज हर्ष प्रकृति का यह भावोत्पादक दृश्य देखते थे और उसे लिखते जाते थे।

सहसा महाराज की कुँवारी कन्या चन्द्रमुखी उषा उनके सामने आकर खड़ी हो गई। सायंकाल के अन्धकार में प्रभात का सूर्य उदय हुआ। महाराज इस समय दूसरी दुनिया में थे। कोई अमीर, कोई वज़ीर, राज्य की कोई महान से महान घटना भी उनके इस काव्य-कानन में पाँव नहीं रख सकती थी। यह उनकी आज्ञा थी। मगर प्रेम के लिए कोई भी द्वार बन्द नहीं। प्रेम हर जगह पहुँच जाता है। महाराज ने क्रोध से सिर उठाया, मगर राजकुमारी को देखते ही उनके क्रोध ने मुस्कराहट का रूप धारण कर लिया।

उषा ने अपने कवि और महाराज पिता को पुत्री की प्यार भरी आँखों से देखा और फिर पवित्रता की सादगी से मुस्करा कर कहा—"तो आख़िर मैंने आपको आ ही पकड़ा। मैंने महल का एक-एक कोना ढूँढ़ा, संगीत मंडप में गई, चित्र-भवन में देखा। परन्तु आप..."

एकाएक उसने भोज-पत्र देखा और रुक गई और उसने संकोच से सिर झुका लिया। उसको ख़याल आया कि उससे भूल हो गई है। उसने विनय-भाव से महाराज की तरफ़ देखा और कहा—"पिताजी! मुझे मालूम न था...मुझे क्षमा करें।"

महाराज ने उसके इन शब्दों को न सुना, न उसे अपनी बात पूरी करने का अवसर दिया। वे उठकर उसके निकट आए, अपना प्यार से काँपता हुआ हाथ उसके सिर पर फेरा और प्यार के इस बस में करने वाले अमल को जारी रखते हुए बोले—"बेटी उषा! ज़रा सूर्य की तरफ़ देख। वह अपनी किरणों को समेट कर काली चादर में मुँह छिपा रहा है। उसकी किरणें फूलों के सिर पर हाथ फेर रही हैं, जिस तरह मैं तेरे सिर पर हाथ फेर रहा हूँ। मेरे दरबार के कवि भी मेरे भाव नहीं समझ सकते। न उनके पास वह आँख है, जो शब्दों की सुन्दरता को देख सके, न उनके पास वह कान हैं, जो रंगों के संगीत को सुन सकें। मगर मुझे विश्वास है, मेरी बात तू ज़रूर समझेगी—तू मेरी पुत्री है, तेरा मन मेरे मन के साँचे में ढला है।"

महाराज ने कविता सुनाई। राजकुमारी ने कविता सुनी और उसकी आँखों की चमक और होंठों की मुस्कराहट ने महाराज को विश्वास दिला दिया कि बेटी ने बाप की बात को पूर्ण रूप से समझ लिया है।

इसके बाद बाप-बेटी, दोनों साँझ के अँधेरे में महल को रवाना हुए, और उषा ने बाप के पीछे भागकर उनके साथ चलने का प्रयत्न करते हुए बालपन की सादगी से कहा—"पिताजी! मैं भी कविता सीखूँगी। मगर मुझे सिखाएगा कौन?"

और महाराज, जिन्होंने इससे पहले अपनी प्यारी बेटी की छोटी-से-छोटी बात को भी अस्वीकार न किया था, दिल में सोचते थे—इसे कविता कौन सिखाएगा? यह जवान है और कुँवारी है और रूप की खान है। इधर कविता में पवित्रता और संयम की नदियाँ बहा देने वाले कवि भी कितने साधारण, विषय-वासना के कैसे उपासक होते हैं? यह सच्चाई महाराज हर्ष जैसे बुद्धिमान और पण्डित कवि-सम्राट से छिपी न थी। महाराज गंभीर होकर सोचने लगे। बेटी ने बाप के सामने एक समस्या खड़ी कर दी थी।

~

वर्षा के दिन थे। आकाश पर घटाएँ लहराती थीं, जैसे दुखी दिलों पर आशा लहराती है। आशा के ये बादल कभी बरसते हैं, कभी ऊपर ही ऊपर उड़ जाते हैं।

कुछ दिन बाद महाराज हर्ष के दरबार में एक सुन्दर नौजवान दंडी संन्यासी आया और बोला—"राजन्! हम संन्यासी हैं और संन्यासी तीन दिन से अधिक कहीं नहीं ठहरते। मगर अब वर्षा ऋतु शुरू हो गई है, अब हमारे लिए यात्रा करने की मनाही है। अब हम बादलों और बिजलियों के ये चार महीने कहीं ठहरना चाहते हैं। क्या तू हमारा प्रबन्ध कर सकता है?"

महाराज ने नवयुक संन्यासी के चरण छूकर प्रणाम किया और कहा—"महाराज! मैं और मेरा सारा राज्य आपकी सेवा के लिए उपस्थित है। मानसरोवर के आज़ाद राजहंस को पिंजरे में प्रसन्न रखना आसान नहीं, मगर मैं अपनी राजसत्ता की सम्पूर्ण शक्तियाँ खर्च कर दूँगा और आपको कष्ट न होने दूँगा।"

संन्यासी ने हाथ उठाकर महाराज को आशीर्वाद दिया और कहा—"भगवान तेरा कल्याण करेंगे।"

संन्यासी को राजमहल में जगह मिल गई और वह वहाँ वर्षा ऋतु का चौमासा काटने लगा। महाराज हर्ष को संन्यासी के सद्‌गुणों का ज्ञान हुआ। वह केवल साधु ही न था, बड़ा भारी चित्रकार और बड़ा भारी कवि भी था। और इतना ही नहीं, उसे हर विद्या का पूरा-पूरा ज्ञान था। जिस विषय पर बोलता,

महाराज हर्ष मुँह देखते रह जाते। इस छोटी उम्र में यह पांडित्य एक ऐसी बात थी, जो महाराज ने कभी न देखी थी। और फिर नवयुवक संन्यासी का प्रफुल्लित चेहरा, और फले-फूले जंगल में मीठे जल से भरे हुए दो नीले तालाबों की तरह शान्त आँखें! दुनिया ने ऐसी मोहिनी किसी आदमी के मुख पर कम देखी होगी।

महाराज हर्ष संन्यासी से जितना अधिक मिलते थे, उनके मन में उसका सम्मान उतना ही बढ़ता जाता था। उन्होंने इस छोटी उम्र के साधु की हर तरह से परीक्षा ली और वह हर तरह से खरा सोना निकला। आदमियों में कई दोष होते हैं, संन्यासी में एक भी न था। महाराज एक दिन बड़ी नम्रता से बोले—"स्वामीजी! राजकुमारी कविता सीखना चाहती है। मैंने बहुत ढूँढ़ा, मगर ऐसा कोई न मिला, जिस पर मेरा मन विश्वास कर सके। और यह काम विश्वास के बिना नहीं हो सकता।"

संन्यासी ने आधी बात से पूरी बात समझ ली और बिना संकोच के जवाब दिया—"चिन्ता न करो। जब तक हम यहाँ हैं, हम पढ़ा दिया करेंगे।"

महाराज के मन की मुराद पूरी हो गई, राजकुमारी कविता सीखने लगी। संन्यासी कविता सिखाने लगा। वर्षा के दिन बीतने लगे।

~

चार महीने के बाद महाराज ने संन्यासी से पूछा—"कहिए! राजकुमारी उषा ने क्या कुछ सीखा?"

संन्यासी ने मन को मोहने वाली अपनी बड़ी-बड़ी और सतेज आँखों से महाराज की तरफ़ देखा और मुस्कराकर जवाब दिया—"कवि बाप की बेटी है, बहुत-कुछ सीख चुकी। इतने थोड़े समय में कोई दूसरी कन्या कुछ भी न सीख सकती। मगर राजकुमारी की कविता देखकर तो हम भी हैरान रह जाते हैं।"

महाराज को आश्चर्य हुआ—"मगर केवल चार महीने में?"

संन्यासी ने जवाब दिया—"राजन्! कवि बनते नहीं, कवि पैदा होते हैं। आग की चिनगारियाँ राख-तले छिपी रहती हैं, कविता की कला सीने में सोई रहती है। गुरु का काम केवल यह है कि राख हटाकर कविता की उन चिनगारियों को सचेत कर दे। आग अपने-आप सुलगने लगेगी। इसके लिए यत्न करने की भी ज़रूरत नहीं। हवा के झोंके ही उसके लिए घी के छींटे बन जाते हैं। राजकुमारी में ये शक्तियाँ पहले ही मौजूद थीं। हमने उन्हें केवल

ज़रा-सा कुरेद कर जगा दिया है और अब वह सुन्दर भाषा और सुन्दर भावों की विद्या में प्रवीण हो चुकी है। हमें उस पर गर्व है। वह हमारा नाम करेगी।"

महाराज ने उल्लास, अभिमान और आश्चर्य से अपनी बेटी की तरफ़ देखा। वह ज़मीन की तरफ़ देख रही थी—और लजा रही थी—और चुप थी।

महाराज ने कहा—"उषा!"

उषा ने सिर उठाकर बाप की तरफ़ देखा और फिर लजाकर अपना सिर झुका लिया।

महाराज—"अपनी कोई कविता हमें भी सुनाओ। सुनाओगी ना?"

राजकुमारी ने उसी तरह भूमि की तरफ़ देखते हुए सिर के इशारे से कहा—"नहीं।"

महाराज—"क्यों?"

राजकुमारी ने जवाब न दिया।

महाराज—"सुनाओ बेटी। कोई अच्छी-सी कविता सुनाओ। कोई ऐसी कविता, जिसे सुनकर हमारा सीना फूल उठे।"

उषा ने सिर की साड़ी माथे पर खींचते हुए धीरे से कहा—"आपको पसन्द ना आएगी। आप कवियों के सम्राट् हैं।"

अब संन्यासी चुप न रह सका, बोला—"उषा देवी! यह तुम्हारी नहीं मेरी भी परीक्षा है। गुरु के पढ़ाने की लाज रख लेना!"

उषा ने अपनी कविताओं को उलट-पुलट कर देखा कि क्या सुनाए? पर निश्चय न कर सकी। वह बेबसी से बोली—"क्या सुनाऊँ?"

संन्यासी—"कुछ सुना दो। मिसरी हर तरफ़ से मीठी होती है। हीरा हर तरफ़ से चमकता है।"

राजकुमारी ने साहस करके कहा—"कविता पर कुछ लिखा है, वही सुनाए देती हूँ।"

उसने बोलना चाहा, पर जीभ न खुली। महाराज ने संन्यासी से कहा—"आप ही पढ़ दें। इसे शर्म आती है।"

संन्यासी ने पढ़ना शुरू किया—

"कविता का कवि से वही नाता है, जो नव-विवाहिता रमणी का अपने पति से है। पति स्त्री को छूना, पकड़ना, गले से लगाना चाहता है। मगर नव-वधू लजाती है, अपने

आपको बचाती है और एक तरफ़ भाग जाती है। कविता का भी यही है। वह कभी कवि के सामने आज्ञाकारी नौकर की तरह सिर झुकाकर खड़ी हो जाती है, कभी उसकी तरफ़ देखकर बे-अदब लड़के की तरह हँसती है, कभी लज्जा से मुँह छिपा लेती है, और कभी, जब कवि उसके बहुत निकट पहुँच जाता है, तो चंचल हरिणी की तरह कुलांचें भरकर दूर चली जाती है। कभी ज़रा-सी बात में सिर झुका लेती है, कभी निर्लज्ज भाव से अपनी दोनों भुजाएँ पति के गले में डाल देती है।''

राजकुमारी की यह कविता कैसी मनोहर थी! कैसी भावमयी! और इसके साथ ही कितनी सादी। इसमें पेचीदगी न थी, न कोई ऐसा गोरखधन्धा था, जिसे समझने के लिए घंटों हैरान और परेशान होना पड़े। ख़याल नया भी था, ऊँचा भी था और अस्वाभाविक न था। यही कविता किसी दूसरे की होती तो महाराज उसे निहाल कर देते। मगर बेटी की लिखी हुई प्रेम और यौवन की यह अद्‌भुत कहानी सुनकर उनकी आँखों में खून उतर आया। सोचने लगे—यह कुँवारी कन्या स्त्री-पुरुष के प्यार-मुहब्बत की बातें क्या जाने? इसने यह दृश्य कब देखा?

उनके दिल में एक संदेह पैदा हुआ। उन्होंने नवयुवक संन्यासी को चुभती हुई दृष्टि से देखा। परन्तु संन्यासी मुस्करा रहा था। उसके मुँह पर ज़रा भी भय, उसकी आँखों में ज़रा भी संकोच न था। महाराज असमंजस में पड़ गए। यह चेहरा पाप का चेहरा न था। पाप टेढ़ी आँखों के सामने सिर नहीं उठा सकता न उसमें मुस्कराने का साहस होता है। मगर महाराज फिर भी सोचते थे, 'उषा ने प्यार की कविता कैसे लिखी?'

महाराज कुछ देर चुपचाप बैठे सोचते रहे, फिर उठकर धीरे-धीरे चले गए। संन्यासी महाराज के मन की बात भाँप गया।

दूसरे दिन महाराज ने संन्यासी को विदा करने के लिए दरबार में बुलाया एक हज़ार एक मुहरों का थाल उन्हें भेंट किया और कहा—''यह आपकी दक्षिणा है।''

संन्यासी ने मुहरों को अवहेलना की दृष्टि से देखा और कहा—''राजन्! तू कवियों में राजा और राजाओं में कवि है। यह दक्षिणा तेरे योग्य नहीं। तू हमें अपने योग्य दक्षिणा दे।''

महाराज ने आश्चर्य से संन्यासी की तरफ़ देखा। मगर संन्यासी मुस्करा रहा था—''हम मुँह-माँगी दक्षिणा चाहते हैं।''

महाराज ने अधीरता से सिर झुका कर कहा—"संन्यासी आज्ञा दें, राजा पालन करेगा।"

सारे दरबारी हैरान थे कि देखें, संन्यासी क्या माँगता है!

संन्यासी बोला—"राजन! कोई अपनी बढ़िया-सी कविता सुना दे। हमारी यही दक्षिणा होगी। हमारे मन की खुशी यही माँगती है।"

दरबारियों की आँखें खुल गईं। वे सोचते थे, संन्यासी ने सुनहरा अवसर खो दिया।

महाराज ने पूछा—"किस विषय पर?"

संन्यासी—"किसी गरीब के घर का दृश्य दिखा दे।"

महाराज ने भोज-पत्र लिया और एक तरफ़ बैठ गए। आधे घंटे के बाद महाराज बोले—"कविता तैयार है।"

संन्यासी—"पढ़ो।"

महाराज ने कविता पढ़नी शुरू की—

> "वर्षा ऋतु है! आसमान पर काले बादल उमड़े हुए हैं। मगर इससे भी काले बादल गरीब हतभागिनी बुढ़िया के मन में छाए हुए हैं। आसमान के बादलों में कभी-कभी बिजली भी चमक जाती है। मगर बुढ़िया के मन में सदा अँधेरा है। वहाँ बिजली कभी नहीं चमकती।
>
> "छत से पानी टपक रहा है और इस समाप्त न होने वाले टपके के मकान के कच्चे फ़र्श में जगह-जगह पर गढ़े बन गए हैं। पानी की बूँदें उन गढ़ों में गिरती हैं, तो गढ़ों का पानी चारों तरफ़ उड़ता है और आस-पास के फ़र्श को भी गीला कर देता है। मगर इनसे भी गहरे गढ़े बुढ़िया के दिल में बने हुए हैं।
>
> "सायंकाल के अंधेरे में लोग अपने-अपने घरों में दीपक जला रहे हैं। मगर बुढ़िया के दीपक का तेल, कई दिन हुए समाप्त हो चुका है और बत्ती कभी की जल चुकी है। उसके चूल्हे में कई दिन से आग नहीं सुलगी। वहाँ मकड़ी ने जाला बुन दिया है। उसके घर के चूहे भाग गए हैं और चमगादड़ इधर-उधर उड़ते फिरते हैं।"

यह कविता नहीं थी, किसी हत-भागे के घर का चित्र था; मगर कितना

सजीव! कैसा हृदय-वेधक! दरबारियों ने 'वाह-वाह' की ध्वनि से दरबार सिर पर उठा लिया। मगर संन्यासी चुप था।

महाराज ने उसकी तरफ़ देखा। संन्यासी ने कहा—"राजन्! तेरी कविता सचमुच बहुत सुन्दर और भावमयी है। मगर..."

दरबारी, वजीर, राजा, सब संन्यासी की तरफ़ देखने लगे। संन्यासी ने वाक्य पूरा करते हुए कहा—"मगर मालूम होता है, तू किसी राजे का पुत्र नहीं, किसी गरीब कंगाल का बेटा है।"

दरबारी सन्नाटे में आ गए। महाराज की आँखों से आग की चिनगारियाँ निकलने लगीं। उन्होंने तलवार की म्यान पर हाथ रखकर कहा—"संन्यासी! मैं यह अपमान सहन नहीं कर सकता। तू मुझे गालियाँ दे रहा है। मेरे हाथ में तलवार है। और मैं यहाँ का राजा हूँ।"

संन्यासी—"तूने यह कविता कैसे तैयार की? तू राजा है। तूने महलों में जन्म लिया है। तू चाँदी-सोने में पला है। तूने गरीबी नहीं देखी—तू किसी गरीब का हाल क्या जाने?"

महाराज ने उसी तरह क्रोध-भरे स्वर में कहा—"काव्य-कल्पना की आँख से कवि वह देख सकता है, जो दूसरे खुली आँखों से भी नहीं देख सकते। जहाँ पहुँचे कवि, वहाँ न पहुँचे रवि।"

अब संन्यासी ने मुस्करा कर उत्तर दिया—"कविराज! तूने ठीक कहा। लेकिन अगर तू राजा का बेटा होकर भी काव्य-कल्पना की आँख की सहायता से गरीब के घर की दशा देख सकता है, तो तेरी कुँवारी कन्या स्त्री-पुरुष की प्रेम लीला का हाल क्यों नहीं जान सकती? तूने मुझे सन्देह की दृष्टि से देखा था। तेरी आँखें लाल हो गई थीं। तूने समझा था, संन्यासी की इंद्रियाँ उसके वश में नहीं। मगर तेरा सन्देह निर्मूल था। मैं संन्यासी हूँ। दुनिया की हर लड़की मेरी पुत्री है। मैं संसार की हर लड़की का पिता हूँ।"

यह कहते-कहते संन्यासी ने अपना कमंडल उठाया और दरबार से बाहर निकल गया।

महाराज की आँखें खुल गईं। मगर उनके मुँह से एक भी शब्द न निकला।

राजकुमारी सिर झुकाए हुए मुस्करा रही थी।

दरबार के लोग इस कौतुक को मनोरंजन, श्रद्धा और आश्चर्य की आँखों से देख रहे थे।

[प्रथम प्रकाशन : सन् 1936]

चैन नगर के चार बेकार

कुछ समय गुज़रा, उत्तरी भारत वर्ष की दो पहाड़ियों के बीच एक हरा भरा गाँव आबाद था, जिसका नाम चैन नगर था। यहाँ के लोग सीधे-सादे और मेहनती थे, अपना-अपना काम अपने-अपने हाथ से करते थे और किसी को किसी से कोई शिकायत न थी।

चैन नगर के लोग दिन-भर काम करते थे, इसलिए वहाँ बीमारियाँ न थीं, दवाइयाँ न थीं, वैद्य न थे। वहाँ के लोग अमन-अमान और प्यार-मुहब्बत से रहते थे, इसलिए वहाँ कचहरियाँ न थीं, वकील न थे, बन्दीघर न थे। वहाँ के लोग सरल स्वभाव के थे, इसलिए वहाँ चोरियाँ न होती थीं, न वहाँ पुलिस थी, न बन्दूकें, न तलवारें, न तोपें। वहाँ के लोग जितेंद्रिय थे, इसलिए वहाँ न रूप-यौवन की दूकानें थीं, न शराब थी, न कत्ल-खून की घटनाएँ होती थीं। वहाँ के लोग अतिथि-सत्कार को धर्म समझते थे, इसलिए वहाँ न धर्मशालाएँ थीं, न सराएँ थीं, न होटल थे। वहाँ मेहनत-मज़दूरी के मोटे नियम के सिवा दूसरा कोई नियम न था। वह नियम यह था कि जो काम करे खाए, जो बेकार रहे, भूखों मरे। सब काम करते थे, केवल चार आदमी ऐसे थे, जिनको बेकारी पसन्द थी। वे भूखों मरते थे और दूसरों के दान पर जीते थे। आखिर एक दिन उन्हें भी लोगों ने गाँव से निकाल दिया। अब वहाँ सब काम करने वाले थे, अब वहाँ बेकार कोई भी न था।

मगर शैतान को असभ्य मूर्खों का यह छोटा-सा संसार पसन्द न आया और उसने निश्चय कर लिया कि मैं इसे सभ्य बनाऊँगा और यहाँ के रहने वालों पर उन्नति और इकबाल के दरवाज़े खोल दूँगा।

~

दूसरे दिन शैतान के इशारे से एक खूबसूरत और अमीर सौदागर चैन नगर में आया और सारा गाँव देखने के बाद बोला—''अफ़सोस! तुम लोग पूरे गंवार और असभ्य हो! पता नहीं इस हाल में तुम जीते कैसे हो?''

लोगों ने यह बात सुनी तो आश्चर्य से सौदागर का मुँह ताकने लगे।

सौदागर ने कहा—''मैंने सारे संसार की सैर की है और मैंने बड़ी-बड़ी अजीब चीज़ें देखी हैं। मगर ऐसा गरीब और दीन-हीन गाँव मैंने और कहीं नहीं देखा।''

लोगों ने यह सुना और कहा—''हमें तो यह मालूम ही न था। क्या हम अब सभ्यता नहीं सीख सकते?''

सौदागर ने उत्तर दिया—''मुझे चार आदमी दे दो, और मैं प्रतिज्ञा करता हूँ कि तुम्हारे गाँव का एक-एक आदमी सभ्य बन जाएगा। मगर शर्त यह है कि वे चारों बेकार हों।''

चैन नगर में एक भी बेकार न था। लोग निराश हो गए और बोले—''अफ़सोस! हमें क्या खबर थी कि कभी बेकारों की भी ज़रूरत पड़ जाएगी। अगर यह खबर होती, तो हम उन चार बेकारों को गाँव से कभी न निकालते।''

मगर सौदागर हताश न हुआ और उसने उन्हीं लोगों में से चार आदमी चुन लिए। उसने उन्हें खाने को अच्छे-अच्छे भोजन दिए, पहनने को कीमती और महीन वस्त्र दिए और उनसे कहा—''जाओ! गाँव की सैर करो। तुम्हारा यही काम है।''

और वे चार बेकार गाँव में घूमने लगे। मगर कुछ दिनों में उनका जी उदास हो गया और उन्होंने सौदागर से कहा—''हमें कुछ काम दीजिए। हम बेकार नहीं रह सकते।''

सौदागर ने मुस्कराकर उनकी तरफ़ देखा और धीरे से कहा—''तुम बड़े आदमी हो! बड़े आदमी काम नहीं किया करते। काम करना मज़दूरों और कुलियों का काम है।''

चारों बेकार यह सुनकर कि अब वे बड़े आदमी बन गए हैं, खुशी से फूले न समाए और बोले—''तुम कितने दयालु हो! तुमने हमें बड़ा आदमी बना दिया है। अब सचमुच हमें काम करने की क्या ज़रूरत है? हमारा काम दूसरे लोग किया करेंगे। मगर हमारे पास उन्हें देने के लिए तो कौड़ी भी नहीं है। न हम खेती करते हैं, न हमारे पास अनाज है।''

सौदागर एक बार फिर मन को मोह लेने वाले ढंग से मुस्कराया और बोला—"तुम बड़े आदमी हो। बड़े आदमी अपना काम बिना कुछ दिए ही करा लिया करते हैं। मगर मैं तुम्हारे लिए खर्च करने को भी तैयार हूँ।" इसके बाद उसने उनसे कहा—"इस गाँव के लोगों को बुलाकर उनसे कहो, वे तुम्हारे लिए पाँच महल बना दें। जो खर्च होगा, मैं दूँगा।"

दूसरे दिन से कई लोगों ने खेती-बाड़ी का काम बन्द कर दिया और महल बनाने लगे।

महल बन गए। ये महल बड़े विशाल और सुन्दर थे। और इन्हें देखकर दिल की कली खिल उठती थी, मगर गाँव की फ़सल मारी गई। सौदागर ने लोगों को रुपया दिया, मगर रुपये से किसी का पेट न भरता था। लोग ज़ोर-ज़ोर रोते थे और कहते थे—"हाय, अब क्या होगा?"

सौदागर ने एक बेकार को बुलाकर कहा—"कुछ आदमियों को नौकर रख लो। उन्हें बाहर भेजकर सस्ते दामों में अनाज खरीदो और यहाँ मँगवाकर महँगे दामों में बेचो। जो बचे, वह तुम्हारा हिस्सा है।"

उस बेकार ने ऐसा ही किया और यह पहला अवसर था, जब चैन नगर के निवासियों ने बाहर से आया हुआ अनाज खाया। उन्होंने कहा—"यह आदमी कितना नेक है! अगर यह न होता, तो हम और हमारे बाल-बच्चे भूखों मर जाते।"

अब उन्हें बाहर की चीज़ें अच्छी मालूम होने लगीं और अनाज मँगाने वाले उस बेकार ने कई और चीज़ें मँगानी शुरू कर दीं। कुछ ही महीनों में वह अमीर हो गया और उसने कई दूकानें खोलकर उन पर अपने कारिन्दे बैठा दिए। मगर वह अपने हाथ से कोई काम न करता था, उसका सारा काम दूसरे लोग करते थे।

~

दूसरे साल जब फ़सल खड़ी थी, तो एक रात को कुछ हिरण आए और फसल का कुछ भाग खराब कर गए। सौदागर ने गाँव के लोगों को गाँव के चौक में जमा किया और कहा—"इस तरह तो ये जानवर तुम्हारी सारी फ़सल खराब कर जाएँगे। अगर तुम कहो तो मेरा आदमी ऐसा प्रबन्ध कर सकता है कि

फिर कभी ये हिरण तुम्हारे खेतों के पास तक न फटक सकें।"

चैन नगर के लोगों ने कहा—"देखो! यह आदमी कैसा दानी है! अगर यह न होता, तो हमारे सारे खेतों को हिरण ही खा जाते।"

अगले दिन दूसरे बेकार ने गाँव के कुछ लोगों को लाठियाँ देकर खेतों की रखवाली के लिए खड़ा कर दिया। जब फ़सल कटी तो उसने अपने नौकरों से कहा—"आधा अनाज मेरे पास उठा लाओ, आधा मालिकों के लिए रहने दो।" नौकरों ने ऐसा ही किया। बेकार ने तीन हिस्से आप रख लिये, एक हिस्सा नौकरों को बाँट दिया।

यह पहला अवसर था, जब चैन नगर के लोगों ने दूसरों के द्वारा रक्षा की सुविधा का अनुभव किया और यह सोचने की ज़रा भी परवाह न की कि हिरण कितना खाते? और हमने अब कितना दिया? मगर लोगों को जो अनाज मिला वह उनकी ज़रूरत से कम था। चैन नगर में चोरियाँ होने लगीं। खेतों के रक्षक ने कहा—"अगर तुम चाहो तो मैं तुम्हारे मकानों के द्वार पर अपने पहरेदार खड़े कर सकता हूँ। फिर क्या मजाल जो तुम्हारा एक सेर अनाज भी चोरी चला जाए।"

गाँव वालों ने कहा—"बड़ी खुशी से।"

मकानों और दूकानों पर पहरेदार खड़े हो गए। चोरी बन्द हो गई। मगर चोरी को रोकने के लिए जो खर्च हुआ, वह चोरी की रकम से कहीं ज़्यादा था।

इस तरह दूसरे बेकार का कारोबार भी दिन-दूनी रात-चौगुनी उन्नति करने लगा। थोड़े ही दिनों में उसने भी कई और महल खड़े कर लिए। मगर वह अपने काम आप न करता था, उसके सारे काम दूसरे लोग करते थे।

कभी वह दिन था, जब चैन नगर में सब गरीब थे, मगर खाने-पीने की किसी को कमी न थी। अब कारोबार चलता था, मगर लोग भूखों मर रहे थे। परिणाम यह हुआ कि लड़ाई-झगड़े शुरू हो गए। वह प्यार, वह मुहब्बत, वह सादगी, वह पवित्रता न जाने कहाँ चली गई। अब लोगों को एक-दूसरे का ज़रा भी ख़याल न था। बात-बात में छुरियाँ चलने लगीं। चैन नगर में बेचैनी फैल गई। सौदागर ने यह दशा देखी तो लोगों से कहा—"अगर तुमने इन बातों का इलाज न किया, तो मुझे डर है कि तुम्हारी प्राचीन और सुन्दर नगरी नष्ट हो जाएगी। क्या तुम कोई ऐसा प्रबन्ध नहीं कर सकते कि ऐसी दुर्घटनाएँ सदा के लिए बन्द हो जाएँ?"

लोगों ने सौदागर की तरफ़ देखकर सिर झुका लिया और धीरे से कहा "आप ही कुछ करें। हमसे तो कुछ न होगा।"

सौदागर ने जवाब दिया—"अच्छा! हम सोचेंगे।"

उसी दिन एक किसान और एक महाजन में झगड़ा हो गया। महाजन का कहना था कि इसके ज़िम्मे मेरा 20 सेर अनाज है। किसान कहता था कि यह झूठा है, मुझे इसका केवल 10 सेर अनाज देना है। दोनों लड़ते थे, झगड़ते थे और एक-दूसरे को गालियाँ देते थे। एक दूकानदार ने जाकर यह खबर सौदागर को दे दी। सौदागर ने उसी समय एक आदमी भेजकर दोनों को अपने पास बुलाया और तीसरे बेकार से कहा—"इनके झगड़े का फ़ैसला कर दे।"

बेकार ने दोनों की बातचीत सुनी, और फिर किसान से कहा—"तूने महाजन से 20 सेर अनाज भी लिया है और उसे गालियाँ भी दी हैं। इसलिए मेरा फ़ैसला है कि तू 25 सेर अनाज दे।"

महाजन ने खुश होकर कहा—"कैसा अच्छा फ़ैसला है! 20 सेर न देता था, अब 25 सेर देना पड़ा।"

किसान ने 25 सेर अनाज दे दिया।

अब उस बेकार ने महाजन की तरफ़ देखकर उससे कहा—"तेरे पास क्या प्रमाण है कि तूने इसे 20 सेर अनाज दिया था? इसका बयान है कि इसने केवल 10 सेर लिया है।"

महाजन चुपचाप खड़ा धरती की तरफ़ देखता रहा। उसके पास कोई प्रमाण न था।

बेकार ने कहा—"तुझे केवल 10 सेर अनाज मिल सकता था मगर तूने उसे गालियाँ दी हैं, और गाँव के लोग इसकी गवाही देने को तैयार हैं। गालियाँ देने का कोई तुझे अधिकार न था। क्या तेरे पास इसका कोई जवाब है?"

महाजन चुपचाप खड़ा भूमि की तरफ़ देखता रहा! उसके पास कोई जवाब न था।

बेकार ने कहा—"मेरा फ़ैसला यह है कि तेरे 10 सेर अनाज में से 5 सेर जुर्माने का काट लिया जाए, 5 सेर तुझे दे दिया जाए।"

महाजन क्या कर सकता था?

किसान ने खुश होकर कहा—"अच्छा फ़ैसला है! 10 सेर न लेता था, अब 5 ही सेर लेना पड़ा।"

लोगों ने यह सुना, तो कहा—"हम कैसे भाग्यशाली हैं! अगर यह आदमी न होता तो हम आपस में लड़-लड़ कर मर जाते।"

इस तरह तीसरे बेकार का काम भी चल निकला और थोड़े ही दिनों में उसके पास भी कई आलीशान महल हो गए। मगर वह भी कोई काम अपने हाथों से न करता था। उसके सारे काम दूसरे लोग करते थे।

मगर अभी चौथा बेकार गरीब था। सौदागर ने उसके लिए कमाई का कोई साधन सोचने की बहुत कोशिश की। सोच-सोचकर उसके सिर में दर्द होने लगा, उसकी कनपटियाँ फटने लगीं, मगर उसे कोई रास्ता न सूझा। हारकर वह शैतान के पास गया और उसे तीन सालों की कहानी सुना कर बोला—"गाँव की पौन आबादी पर अब हमारा अधिकार हो चुका है, मगर अभी एक बेकार बाकी है। अगर इसके लिए कोई अच्छा-सा काम निकल आए, तो चैन नगर का एक-एक आदमी हमारी मुट्ठी में आ जाए।"

शैतान ने अपने नायब की पीठ पर धीरे से थपकी दी और अपनी उल्लू की-सी गोल-गोल और छोटी-छोटी आँखों से उसकी तरफ़ देखकर कहा—"जाओ! वहाँ एक लोहे की चक्की लगा दो। बाकी मैं आप समझ लूँगा।"

सात दिन के अन्दर-अन्दर चैन नगर के बाहर खुली जगह में लोहे की चक्की लग गई। रात के समय शैतान ने आकर उसमें अपनी शैतानी-शक्ति भर दी। दूसरे दिन से इसने गेहूँ, बाजरा, मक्का और चने का आटा पीसना शुरू कर दिया। और यह आटा इतना महीन था कि गाँव के गंवार लोग देखकर दंग रह गए। उन्होंने ऐसा आटा आज तक न खाया था। एक दिन में चैन नगर की सैंकड़ों पत्थर की चक्कियाँ बेकार हो गईं और एक ही दिन में चैन नगर की सैंकड़ों विधवा स्त्रियाँ और बिना बाप के बच्चे भूखों मरने लगे। मगर और लोग खुश थे और सौभाग्य पर फूले न समाते थे।

चौथा बेकार सामने एक तख्तपोश पर बैठा हुक्का पीता रहता था। वह साँझ के समय इतना कमाकर उठता था, जितना गाँव का कोई दूसरा आदमी न कमाता था। उसने सौदागर की राय से वहाँ और भी कई मशीनें लगा दीं और गाँव के कई और गरीबों को भी दाने-दाने का मोहताज़ कर दिया। इस

तरह शैतान की कृपा से चौथा बेकार भी अमीर हो गया। मगर वह भी अपना कोई काम अपने हाथ से न करता था। उसका सारा काम दूसरे लोग करते थे।

चैन नगर आज भी उत्तरी भारत की उन दो पहाड़ियों के बीच में उसी तरह आबाद है। अब वहाँ देखने योग्य कई इमारतें बन गई हैं। वहाँ कचहरियाँ हैं, वहाँ सरायें और धर्मशालाएँ हैं, वहाँ बड़े-बड़े कारखाने हैं, वहाँ ऊँचे-ऊँचे महल हैं। और शहर के बीचोंबीच चौक में उस सौदागर का सत्तर फुट ऊँचा बुत खड़ा है। अगर कोई यात्री उधर जा निकलता है, तो गाँव की शान-शोभा देखकर उसकी तबीयत हरी हो जाती है। उसका हृदय-कमल खिल उठता है। मगर अब वहाँ का नियम बदल गया है। पहले सब काम करने वाले खाते थे, बेकार भूखों मरते थे। अब बेकार ऐश करते हैं, काम करने वाले भूखों मरते हैं।

[प्रथम प्रकाशन : सन् 1947]

हार की जीत

माँ को अपने बेटे और किसान को अपने लहलहाते खेत देखकर जो आनंद आता है, वही आनंद बाबा भारती को अपना घोड़ा देखकर आता था। भगवत् भजन से जो समय बचता, वह घोड़े को अर्पण हो जाता। वह घोड़ा बड़ा सुंदर था, बड़ा बलवान। उसके जोड़ का घोड़ा सारे इलाके में न था। बाबा भारती उसे सुल्तान कहकर पुकारते, अपने हाथ से खरहरा करते, खुद दाना खिलाते और देख-देखकर प्रसन्न होते थे। उन्होंने रुपया, माल, असबाब, ज़मीन आदि अपना सब-कुछ छोड़ दिया था, यहाँ तक कि उन्हें नगर के जीवन से भी घृणा थी। अब गाँव से बाहर एक छोटे-से मन्दिर में रहते और भगवान का भजन करते थे। ''मैं सुलतान के बिना नहीं रह सकूँगा,'' उन्हें ऐसी भ्रान्ति-सी हो गई थी। वे उसकी चाल पर लट्टू थे। कहते, ''ऐसे चलता है जैसे मोर घटा को देखकर नाच रहा हो।'' जब तक संध्या समय सुल्तान पर चढ़कर आठ-दस मील का चक्कर न लगा लेते, उन्हें चैन न आता।

खड़गसिंह उस इलाके का प्रसिद्ध डाकू था। लोग उसका नाम सुनकर काँपते थे। होते-होते सुल्तान की कीर्ति उसके कानों तक भी पहुँची। उसका हृदय उसे देखने के लिए अधीर हो उठा। एक दिन वह दोपहर के समय बाबा भारती के पास पहुँचा और नमस्कार करके बैठ गया। बाबा भारती ने पूछा,''खड़गसिंह, क्या हाल है?''

खड़गसिंह ने सिर झुकाकर उत्तर दिया,''आपकी दया है।''

''कहो, इधर कैसे आ गए?''

''सुल्तान की चाह खींच लाई।''

''विचित्र जानवर है। देखोगे तो प्रसन्न हो जाओगे।''

''मैंने भी बड़ी प्रशंसा सुनी है।''

''उसकी चाल तुम्हारा मन मोह लेगी!''

''कहते हैं देखने में भी बहुत सुंदर है।''

''क्या कहना! जो उसे एक बार देख लेता है, उसके हृदय पर उसकी छवि अंकित हो जाती है।''

''बहुत दिनों से अभिलाषा थी, आज उपस्थित हो सका हूँ।''

बाबा भारती और खड़गसिंह अस्तबल में पहुँचे। बाबा ने घोड़ा दिखाया घमंड से, खड़गसिंह ने देखा आश्चर्य से। उसने सैंकड़ों घोड़े देखे थे, परंतु ऐसा बांका घोड़ा उसकी आँखों से कभी न गुज़रा था। सोचने लगा, 'भाग्य की बात है। ऐसा घोड़ा खड़गसिंह के पास होना चाहिए था। इस साधु को ऐसी चीज़ों से क्या लाभ?' कुछ देर तक आश्चर्य से चुपचाप खड़ा रहा। इसके पश्चात् उसके हृदय में हलचल होने लगी। बालकों की-सी अधीरता से बोला,''परंतु बाबाजी, इसकी चाल न देखी तो क्या?''

दूसरे के मुख से सुल्तान की प्रशंसा सुनने के लिए उनका हृदय अधीर हो गया। घोड़े को खोलकर बाहर गए। घोड़ा वायु-वेग से उड़ने लगा। उसकी चाल को देखकर खड़गसिंह के हृदय पर साँप लोट गया। वह डाकू था और जो वस्तु उसे पसंद आ जाए उस पर वह अपना अधिकार समझता था। उसके पास बाहुबल था और आदमी भी। जाते-जाते उसने कहा,''बाबाजी, मैं यह घोड़ा आपके पास न रहने दूँगा।''

बाबा भारती डर गए। अब उन्हें रात को नींद न आती। सारी रात अस्तबल की रखवाली में कटने लगी। प्रति क्षण खड़गसिंह का भय लगा रहता, परंतु कई मास बीत गए और वह न आया। यहाँ तक कि बाबा भारती कुछ असावधान हो गए और इस भय को स्वप्न के भय की नाईं मिथ्या समझने लगे। संध्या का समय था। बाबा भारती सुल्तान की पीठ पर सवार होकर घूमने जा रहे थे। इस समय उनकी आँखों में चमक थी, मुख पर प्रसन्नता। कभी घोड़े के शरीर को देखते, कभी उसके रंग को और मन में फूले न समाते थे। सहसा एक ओर से आवाज़ आई,''ओ बाबा, इस कंगले की सुनते जाना।''

आवाज़ में करुणा थी। बाबा ने घोड़े को रोक लिया। देखा, एक अपाहिज वृक्ष की छाया में पड़ा कराह रहा है। बोले,''क्यों तुम्हें क्या कष्ट है?''

अपाहिज ने हाथ जोड़कर कहा,''बाबा, मैं दुखियारा हूँ। मुझ पर दया करो। रामावाला यहाँ से तीन मील है, मुझे वहाँ जाना है। घोड़े पर चढ़ा लो, परमात्मा भला करेगा।''

"वहाँ तुम्हारा कौन है?"

"दुर्गादत्त वैद्य का नाम आपने सुना होगा। मैं उनका सौतेला भाई हूँ।"

बाबा भारती ने घोड़े से उतरकर अपाहिज को घोड़े पर सवार किया और स्वयं उसकी लगाम पकड़कर धीरे-धीरे चलने लगे। सहसा उन्हें एक झटका-सा लगा और लगाम हाथ से छूट गई। उनके आश्चर्य का ठिकाना न रहा, जब उन्होंने देखा कि अपाहिज घोड़े की पीठ पर तनकर बैठा है और घोड़े को दौड़ाए लिए जा रहा है। उनके मुख से भय, विस्मय और निराशा से मिली हुई चीख निकल गई। वह अपाहिज, डाकू खड़गसिंह था। बाबा भारती कुछ देर तक चुप रहे और कुछ समय पश्चात् कुछ निश्चय करके पूरे बल से चिल्लाकर बोले, "ज़रा ठहर जाओ।"

खड़गसिंह ने यह आवाज़ सुनकर घोड़ा रोक लिया और उसकी गरदन पर हाथ फेरते हुए कहा, "बाबाजी, यह घोड़ा अब न दूँगा।"

"परंतु एक बात सुनते जाओ।" खड़गसिंह ठहर गया।

बाबा भारती ने निकट जाकर उसकी ओर ऐसी आँखों से देखा जैसे बकरा कसाई की ओर देखता है और कहा, "यह घोड़ा तुम्हारा हो चुका है। मैं तुमसे इसे वापस करने के लिए न कहूँगा। परंतु खड़गसिंह, केवल एक प्रार्थना करता हूँ। इसे अस्वीकार न करना, नहीं तो मेरा दिल टूट जाएगा।"

"बाबाजी, आज्ञा कीजिए। मैं आपका दास हूँ, केवल घोड़ा न दूँगा।"

"अब घोड़े का नाम न लो। मैं तुमसे इस विषय में कुछ न कहूँगा। मेरी प्रार्थना केवल यह है कि इस घटना को किसी के सामने प्रकट न करना।"

खड़गसिंह का मुँह आश्चर्य से खुला रह गया। उसे लगा था कि घोड़े को लेकर यहाँ से भागना पड़ेगा, परंतु बाबा भारती ने स्वयं उसे कहा कि इस घटना को किसी के सामने प्रकट न करना। इसका क्या अर्थ हो सकता है? खड़गसिंह ने बहुत सोचा, बहुत सिर मारा, परंतु कुछ समझ न सका। हारकर उसने अपनी आँखें बाबा भारती के मुख पर गड़ा दीं और पूछा, "बाबाजी इसमें आपको क्या डर है?"

सुनकर बाबा भारती ने उत्तर दिया, "लोगों को यदि इस घटना का पता चला तो वे दीन-दुखियों पर विश्वास न करेंगे।" यह कहते-कहते उन्होंने सुल्तान की ओर से इस तरह मुँह मोड़ लिया जैसे उनका उससे कभी कोई संबंध ही नहीं रहा हो।

बाबा भारती चले गए। परंतु उनके शब्द खड़्गसिंह के कानों में उसी प्रकार गूँज रहे थे। सोचता था, 'कैसे ऊँचे विचार हैं, कैसा पवित्र भाव है! उन्हें इस घोड़े से प्रेम था, इसे देखकर उनका मुख फूल की नाईं खिल जाता था। कहते थे, ''इसके बिना मैं रह न सकूँगा।'' इसकी रखवाली में वे कई रात सोए नहीं। भजन-भक्ति न कर रखवाली करते रहे। परंतु आज उनके मुख पर दुख की रेखा तक दिखाई न पड़ती थी। उन्हें केवल यह ख़याल था कि कहीं लोग दीन-दुखियों पर विश्वास करना न छोड़ दें।'

रात्रि के अंधकार में खड़्गसिंह बाबा भारती के मन्दिर में पहुँचा। चारों ओर सन्नाटा था। आकाश में तारे टिमटिमा रहे थे। थोड़ी दूर पर गाँवों के कुत्ते भौंक रहे थे। मंदिर के अंदर कोई शब्द सुनाई न देता था। खड़्गसिंह सुल्तान की बाग पकड़े हुए था। वह धीरे-धीरे अस्तबल के फाटक पर पहुँचा। फाटक खुला पड़ा था। किसी समय वहाँ बाबा भारती स्वयं लाठी लेकर पहरा देते थे, परंतु आज उन्हें किसी चोरी, किसी डाके का भय न था। खड़्गसिंह ने आगे बढ़कर सुल्तान को उसके स्थान पर बाँध दिया और बाहर निकलकर सावधानी से फाटक बंद कर दिया। इस समय उसकी आँखों में नेकी के आँसू थे।

रात्रि का तीसरा पहर बीत चुका था। चौथा पहर आरंभ होते ही बाबा भारती ने अपनी कुटिया से बाहर निकल कर ठंडे जल से स्नान किया। उसके पश्चात्, इस प्रकार जैसे कोई स्वप्न में चल रहा हो, उनके पाँव अस्तबल की ओर बढ़े। परंतु फाटक पर पहुँचकर उनको अपनी भूल प्रतीत हुई। साथ ही घोर निराशा ने पाँव को मन-मन भर का भारी बना दिया। वे वहीं रुक गए। घोड़े ने अपने स्वामी के पाँवों की चाप को पहचान लिया और ज़ोर से हिनहिनाया। अब बाबा भारती आश्चर्य और प्रसन्नता से दौड़ते हुए अंदर घुसे और अपने प्यारे घोड़े के गले से लिपटकर इस प्रकार रोने लगे मानो कोई पिता बहुत दिन से बिछड़े हुए पुत्र से मिल रहा हो। बार-बार उसकी पीठ पर हाथ फेरते, बार-बार उसके मुँह पर थपकियाँ देते। फिर वे संतोष से बोले,''अब कोई दीन-दुखियों से मुँह न मोड़ेगा।''

[प्रथम प्रकाशन : सन् 1920]

❑❑❑